KB117889

또 이 따위 레시피라니

줄리언 반스의 부엌 사색

THE PEDANT IN THE KITCHEN

# 또이따위 레시피라니

*Julian Barnes*

줄리언 반스 지음
공진호 옮김

다산
책방

**일러두기**

• 주석은 모두 옮긴이주입니다.

그가 요리를 해주는 그녀에게

## 차례

최근 들어 요리책이 크리스마스 선물 또는 생일 선물로 큰 인기를 끌고 있다. 식도락가의 장서는 빠르게 불어난다. 그중 두어 권은 자꾸 찾게 되는 레시피 때문에 믿고 아끼는 책이 되지만, 대부분은 서가를 떠나 펼쳐지는 일도 없이 울긋불긋한 책등과 먹음직스러워 보이는 표지로 부엌을 장식하는 데 일조할 뿐이다. 나도 오랫동안 구간과 신간을 가리지 않고 요리책 수집에 열을 올렸다. 한쪽 벽을 가득 채운 요리책들을 바라보면 마음이 편해진다. 현재 2천 권가량 있는데, 아주 간혹 극히 일부만 참고로 볼 뿐이다. 그런 책들은 그나마 집필에 필요한 자료를 찾고 영감을 얻는 데는 귀한 자료가 된다.

『또 이 따위 레시피라니』는 레시피를 어떻게 썼으면 좋겠다는 생각은 있지만 좀처럼 발언할 기회가 없는 많은 요리사들의 생각을 명확히 짚어준다. 레시피 하나를 뚝딱 써내는 건 어렵지 않은 일이지만, 독자의 심정을 헤아리는 건 대체로 간과된다. 오래전 내가 정말 좋아하는 요리책 저자와 함께 어떤 토론에 패널로 참석한 적이 있다. 그후로 나는 레시피를 쓸 때 그 저자가 청중에게 한 말을 반영하려고 노력한다. 펜을 들면 그때 그녀의 말이 들리는 듯하다. "무엇을 4분 이상 버터에 구우라고 하면 독자는 그 레시피를 읽고 아예 포기하거나, 시도하더라도 태워버리고 맙니다. 뭐든지 2~3분이면 충분해요." 줄리언 반스가 마땅히 지적하듯 요리에 자신이 없는 사람을 고려한 요리책은 매우 드물다. 요즘에는 내가 운영하는 음식점의 요리사들조차 요리책을 보지 않아서 조리법은 물론 채소를 올바로 자르는 법, 무엇이든 정확히 계량하는 습관, 레시피의 각 단계를 엄밀히 따르라는 것까지 모두 다 가르쳐야만 한다. 최근 레시피에 유행처럼 만연한 '병에서 한

번 껄떡 따른 양', 한 '덩이' 같은 말의 탓이 크다.

레시피를 쓰는 일도 그렇지만, 그걸 읽고 그대로 따라서 하는 일에도 어느 정도의 기술이 필요하다. 줄리언 반스가 깨달았듯이 장을 보거나 요리를 하기 전에 자기가 무슨 일을 감당해야 하는지 충분히 알려면 레시피를 두어 번은 읽을 필요가 있다. 그러나 나는 디너파티를 위한 장을 보러 가기 전에 메뉴는 가급적 미리 정하지 않는다. 막상 필요한 재료가 없어서 낙담하는 경우가 빈번하기 때문이다. 바로 여기서 반스가 말하듯 융통성을 발휘한 '자유로운 장 보기'가 시작된다. 이에 대한 내 의견은 일단 그렇게 한번 해보라는 것이다. 마음 가는 대로 말이다. 장을 볼 때 보기도 좋고 냄새도 좋은 것을 사라. 요리하기 하루나 이틀 전에 장을 보는 게 좋다. 그러면 다시 레시피를 확인하고 필요할 때 또 장을 볼 시간이 있을 테니까. 메인 요리에 쓸 재료를 먼저 사면 애피타이저와 디저트를 계획하기가 더 쉽다.

요리를 잘할 수 있다는 자신감이 범국민적으로 결여된 데는 학교 교육 탓이 크다고 본다. 가정학, 또는 간혹 우스꽝스럽게 '식품 공학'이라 부르는 과목을 쉽게 접할 수 없게 되었기 때문에 영국은 요리에 무식한 어른들의 나라가 되었다. 요즘도 여전히 (그나마 대충) 임상적인 것과 관련된 과목만 있는 데다 따분하다. 요리는 열정과 상식의 문제다. 그렇게 전문적일 필요는 전혀 없는 것이다. '식품 공학'이란 말은 인생을 살아갈 준비(어쨌든 인간은 먹어야 하지 않는가)를 도와주는 교과과정의 일부라기보다는 연구원이 되기 위한 과학 과목처럼 들린다. 집에서 간단한 음식을 뚝딱 만들어 친구들에게 대접하는 법을 배우는 것도 필요하지 않은가 말이다.

나는 작년에 브리드포트에 있는 내 모교인 서존콜폭스 스쿨에서 고등학교 2~3학년 급식부가 사용할 주방과 식당 개통식을 주관해달라는 요청을 받았다. 내게 공업 과목 대신 가정 과목을 선택할 수 있도록 해준 모교에서 이제는 남녀 학생들에게 간단한 요리 기술을 가르치려고 노력한다는 사실을 알고 나는 기분이 좋았다. 내가 다닐 때 그 과목을 신청한 학생은 세 명뿐이었다. 그때는 그게 요리사가 되는 첫 단추일 줄은 꿈에도 생각하지 못했다. 그때 난 요리를 배울 생각이 전혀 없었다! (사실인즉, 몇 주

동안 계속되는 수업에서 허구한 날 힘들게 금속조각을 깎아도 남는 것이라곤 고작 쓸모없는 열쇠고리라는 사실이 싫었을 뿐이다. 요리는 그저 유일한 탈출구였다. 공업 실습실에서 주방으로 탈출한 것이다.) 그 후로 줄곧 나는 학교가 왜 요리의 기본과 재료를 가르치는 소정의 과정을 필수과목으로 정하지 않는지 이해하기 힘들었다.

요즘은 집에서도 자녀들에게 요리를 가르치지 않는 듯하다. 줄리언 반스의 부모도 마찬가지였는데, 사실 그럴 필요가 뭐 있겠는가? 내가 아는 사람들만 해도 자녀들에게 요리를 가르치는 경우는 거의 없다. 하지만 가르쳐야 한다. 음식은 인생에서 아주 큰 부분을 차지하지 않는가. 하루 세 끼, 운 좋으면 네 끼. 많은 사람들에게 음식을 먹는 시간과 잠자는 시간은 엇비슷하다.

줄리언 반스가 다양한 저자들의 요리책을 읽고, 그들을 따라 요리하며 느끼는 것은 아마추어든 프로든 모든 요리사가 공감할 만하다. 레시피들이 언제나 명확한 것은 아니다. 간혹 형편없는 편집상의 문제를 안고 있는 책들도 있다. 이런 말을 하는 나도 돌아보면 많은 요리책 저자들처럼 필수 재료나 조리법상의 결정적 주안점을 빼먹는 실수를 저질렀기 때문에 뒤가 켕긴다. 독자에게 전화해 비굴한 태도를 보이며 낄낄 웃었던 적이 한두 번이 아니다. 한번은 출판사에 내 앞으로 편지가 날아들었다. 내 스코틀랜드 블랙번 케이크 레시피에 표시된 통의 깊이가 의아하다는 내용이었다. 하지만 이 레시피는 시중에 판매되는 것을 사서 아주 맛있게 먹어보기까지 하면서 연구한 결과이므로 나는 그 불만스러워하는 독자에게 전화를 걸기로 결심했다. 내가 누구인지 밝히자 상대방은 잠시 말이 없었다. 그러나 우리는 곧 웃기도 하면서 이야기를 나눴다. 그러다 결국 그 논쟁적인 스코틀랜드 블랙번 이슈에 대해서는 서로 의견이 다르다는 것으로 합의를 보았다.

내가 가진 요리책 장서 중에 엘리자베스 데이비드*의 『프랑스의 지방 음식』 2판이 있는데 새 책처럼 아주 깨끗하다. 그 책에 데이비드의 편지가 실려 있는데, 나는 그것을 보고 재미있다고 생각했다. 초판에 두어 군데 오류가 있는 것을 사과하는 내용이었다. 나는 그것을 볼 때마다 그녀 같은 대가도 실수를 한다는 생각에 슬며시 웃는다.

---

* Elizabeth David(1913~1992). 영국의 저명한 요리책 저자.

『또 이 따위 레시피라니』는 내가 지금까지 말한 사항들의 많은 부분을 논한다. 우리가 학교에서 배우는 것은 충분하지 않다. 요리는 다시 일반 교과과정에 포함되어야 한다. 요리의 기본을 빨리 배울수록 새로운 것을 시도할 때 그만큼 더 자유로워질 수 있을 것이다. 무엇보다 이 책은 부엌에서 새로운 것을 시도하고자 할 때 꼭 알아야 할, 너무도 중요한 충고를 담고 있다. 레시피를 따를 것. 그리고 절대 두려워하지 말 것. 부디 독자 여러분도 나처럼, 부엌에서 손에 물을 묻히는 일의 좌절과 즐거움과 기쁨을 완벽하게 담아낸 이 책을 즐길 수 있기를 간절히 바라는 바다.

마크 힉스*

---

* Mark Hix(1962~). 영국 요식업계 대부로 불리는 유명 셰프이자 레스토랑 오너.

## 늦깎이 요리사

나는 늦깎이 요리사다. 내가 어렸을 때는 예의 그 고상
한 보호주의가 투표소와 부부의 침대, 예배당 등에서 일
어나는 일을 에워쌌다. 나는 영국의 중산층 가정에 네 번
째로 비밀스러운—적어도 사내아이들에게는 그러한—곳
이 있을 줄은 미처 알지 못했다. 그곳은 바로 부엌이다. 때
가 되면 거기서 어머니가 음식—대체로 아버지가 가꾸는
텃밭의 산물로 만든 것—을 들고 나왔지만, 형이나 나나
그 변형의 과정을 알려고 하지 않았다. 그럴 생각이 들 만
한 집안 분위기도 아니었다. 아무도 요리가 사내답지 못

한 일이라는 말까지는 하지 않았지만 그것은 분명 가정에서 남자가 하기에는 적합하지 않은 무엇이었다. 형과 나는 학교 가는 날 아침에는 대개 구두를 닦고 우리가 맡은 부엌일, 즉 화덕의 재를 치우고 탄을 채우는 일에 전념했다. 그동안 아버지는 베이컨과 식빵을 굽고 미리 만들어놓은 오트밀을 데워 골든시럽*을 곁들인 아침 식사를 준비했다.

하지만 남자의 요리 솜씨라고 해봤자 그렇게 아침에 잠깐 손을 대는 정도가 전부였다. 이 사실은 언젠가 어머니가 일 때문에 외출하고 없었을 때 분명해졌다. 아버지가 대신 내 도시락을 싸주기는 했는데, 샌드위치의 원리를 모르는 아버지는 나를 위한다고 그랬을 텐데, 내가 각별히 좋아한다고 자기가 알고 있던 것을 재료의 하나로 추가했다. 그리고 몇 시간 뒤, 나는 다른 지역 경기장으로 가는 남부선 기차에서 도시락을 꺼냈다. 샌드위치는 눅눅해져 해체되었고 아버지가 자른 티가 역력한 비트 뿌리에 시뻘건 물까지 들었다. 나는 그 샌드위치를 고안해낸 아버지

---

* 설탕으로 꿀처럼 만든 시럽.

탓에 동료 럭비부원들 앞에서 얼굴이 빨개졌고, 또 그들은 그들대로 그런 나를 보고 덩달아 얼굴이 빨개졌다.

섹스, 정치, 종교와 마찬가지로 내가 요리를 알기 시작했을 때는 이미 부모님에게 물어보기엔 너무 늦은 때였다. 부모님이 내게 가르쳐주지 않았으니, 그분들에게 묻지 않는 것으로 나는 이제 되갚아줄 작정이었다. 당시 20대 중반이었던 나는 변호사 시험 공부를 하고 있었다. 그때는 되는대로 아무거나 섞어 먹었는데, 그런 음식 중에는 범죄에 가까운 것도 있었다. 내 주머니 사정이 허락하는 최상의 음식은 삼겹살과 완두콩과 감자의 조합이었다. 완두콩은 물론 냉동식품이었고, 감자는 통조림 감자였지만, 나는 깨끗이 깎은 감자와 함께 든 들큰한 소금물을 그대로 마시길 좋아했다. 그리고 삼겹살로 말하자면, 그때 이후로 그런 삼겹살은 다시 본 적이 없다. 뼈가 없이 일정한 모양으로 잘린, 분홍색이 선명한 그 삼겹살은 아무리 한참 익혀도 형광 빛깔을 잃지 않는 것이 특징이었다. 그렇기 때문에 요리사인 나는 폭넓은 재량을 발휘할 수 있었다. 무슨 말인가 하면 고기가 많이 차갑지만 않으면 설익지는 않은 것으로 보이고, 숯처럼 새까매져 불이 붙을 정도만 아니면 너무 익지는 않은 것으로 보일 수 있다는 것이다. 완두콩과 감자에는 버터를 흠뻑 녹여 먹었는데, 삼겹살이라고 예외가 되는 일은 별로 없었다.

그 시절 내 '요리'를 좌우한 주요인은 가난, 솜씨 부족, 보수적 미식 성향이었다. 다른 사람들은 내장으로 만든 식품을 먹고 살았는지 몰라도 나는 혀 통조림 말고는 그런 종류의 음식에는 가까이 가지도 못했다. 물론 콘비프*에는 원형대로라면 역겨울 부위가 섞어 있었겠지만. 양 가슴살도 주식 중 하나였다. 고기가 다 익은 시점을 쉽게 분간할 수 있어서 굽기 쉽고 1실링어치면 사흘 저녁을 해결할 수 있을 만큼 양이 많았기 때문이다. 그러다 어느덧 양 가슴살의 세계를 졸업하고 어깨살의 세계로 진출했다. 그리고 여기에 런던의 〈이브닝 스탠더드〉에서 본 레시피대로 리크,** 당근, 감자로 만든 커다란 파이를 곁들이곤 했다. 파이에 얹어 먹는 치즈 소스는 항상 밀가루 냄새가 많이 났지만 매일 다시 데울수록 냄새는 줄어들었다. 나는 나중

---

* corn beef. 소금, 향신료 따위를 섞어 절여서 열기로 살균한 쇠고기.
** leek. 대파와 비슷하게 생긴 수선화과 식물. 대파보다 흰 부분이 통통하고 전체 길이는 짧다.

에야 그 원인을 알게 되었다.

나의 요리 종목은 늘어났다. 그에 따라 고기와 채소는 정복의 대상까지는 아니라도 최소한 길들여야 할 중요한 재료가 되었다. 거기에 푸딩과 잡다한 수프가 더해졌다. 그라탱, 파스타, 리소토, 수플레 등이 식단에 포함된 것은 그로부터도 한참 뒤의 일이다. 생선 요리는 언제나 문제였으며 아직도 완전한 해결을 보지 못했다.

집에 다니러 갈 때마다 내가 직접 요리를 한다는 사실이 점점 분명해지자 아버지는 자유민주주의자적인 가벼운 의심의 눈초리로 나를 바라보았다. 그것은 예전에 『공산당 선언』을 읽는 나를 보았을 때나, 버르토크*의 현악사중주를 들어보라는 나의 강요가 못마땅했을 때의 눈초리와 같았다. "여기서 더 나아가지만 않으면 그 정도는 그냥 봐줄 수 있어"라는 듯했다.

어머니는 아버지와 달리 나의 변화를 반기는 기색이었다. 딸이 없는 마당에 아들 하나라도 당신의 오랜 부엌일을 옛날까지 소급해서 알아주게 되었으니 그러셨을 만도

---

\* Béla Bartók(1881~1945). 헝가리의 작곡가.

하다. 그렇다고 어머니와 내가 식탁에 앉아 도란도란 이야기를 나누며 요리 정보를 주고받는다거나 한 건 아니다. 어머니는 그저 내가 아주 오래된 『비턴 여사*의 살림 교본』에 눈독 들이는 것을 알아차렸을 뿐이다. 형은 대학 강단과 결혼 생활의 비호를 받아 나이 쉰이 넘도록 해본 요리라곤 달걀 프라이가 고작이었다.

이 모든 것의 결과는—나 자신보다는 '이 모든 것'을 완강히 탓하거니와—즐거운 마음으로 열심히 요리를 해도 거기에는 해방감이나 상상력이 결여되어 있다는 사실이다. 나는 장을 보러 갈 때 정확한 목록과 친절한 요리책이 있어야 한다. 가벼운 마음으로 장을 보는 이상적인 일, 즉 장바구니를 팔에 걸고 경쾌하게 걸어가며 편안한 마음으로 당일 최상의 식재료를 사 가지고 와서 전에 만들어본 것이든 아니든 무언가를 임의로 요리해내는 그런 일은 영원히 내 능력 밖의 일일 것이다.

나는 부엌에 서기만 하면 노심초사하는 현학자**가 되어

---

* Isabella Mary Beeton(1836~1865). 영국의 저술가.
** 여기서 현학자로 옮긴 'pedant'란 '학식을 자랑하여 뽐내는 사람'이 아니라 '실속 없는 이론이나 빈 논의를 즐기는 깐깐한 공론가'를 뜻한다.

가스레인지의 온도와 조리 시간을 엄수한다. 나 자신보다는 주방 기구를 신뢰한다. 손가락으로 고깃덩어리를 찔러익은 정도를 알아보는 일은 아마 영원히 없을 것이다. 레시피대로 요리할 때 내 마음대로 하는 부분은 내가 특별히 좋아하는 재료를 더 넣는 것뿐이다. 이 수칙에는 오류가 없지 않은데, 그 사실은 언젠가 고등어와 마티니, 빵가루로 완전히 엉망인 요리를 만듦으로써 확인되었다. 손님들은 그 요리로 포식하기보다는 술에 취하고 말았다.

나는 또한 요리할 때 맛보기를 꺼린다. 이에 대한 핑계는 언제나 준비되어 있다. 가령 이런 것이다. 입 안에 달콤한 홍차의 맛이 남아 있는 오후의 입맛과 사기를 북돋아주는 진토닉을 마신 뒤인 저녁의 입맛이 같을 수는 없지 않겠느냐는 것이다. 다시 말해서 나중에 음식을 내놓았을때 다른 맛이 나는 것을 알게 되는 것이 두렵다는 말이다. 다른 믿음직한 핑계는 레시피를 철저히 따르니까 미리 맛을 볼 필요가 없다고 자위하는 것이다. 그 근거로 (a) 레시피에는 이 시점에서 맛을 보라는 요구가 없으며 (b) 평판이 좋은 권위자가 쓴 것인데 어떻게 결과가 예상대로 나오지 않겠느냐는 점을 들 수 있다.

이것은 좀 성숙하지 못한 태도이기는 하다. 주방장들처럼 버럭 성질을 부리고 한바탕해대는 내 유치한 태도도 마찬가지다. 누가 쓸데없이 부엌에 들어와 내가 요리한 음식을 손가락에 찍어 맛본다면, 그것을 접시에 담아 놀래켜주려는 마음으로 잔뜩 부풀어 있던 나는 기분이 몹시 언짢아질 것이다. 게다가 만일 그 사람이 어떤 양념을 조금만 더 넣으면 맛이 더 좋을 것이라는 둥 소스를 덜 넣으면 좋을 것 같다는 둥 훈수를 둔다면, 나는 그 사람이 친절하고 관대하고 공손하게 그러더라도 그 간섭을 아주 고약하게 여길 것이다.

나는 내가 상당 부분 의존하는 요리책들에 분노하는 일 또한 잦다. 그러나 요리에서 현학적인 마음가짐은 당연하고도 중요하다. 걱정스레 미간을 찌푸리고 열심히 요리책을 들여다보는 독학 요리사인 나도 누구 못지않게 현학적이다. 그런데 왜 요리책은 수술 지침서처럼 정밀하지 않을까? (내심 불안하지만 수술 지침서는 실로 정밀하리라는 가정하에 하는 말이다. 어쩌면 요리책 같은 수술 지침서도 있을지 모르겠다. 그렇다면 아마 이렇지 않을까. '관을 통해 마취약을 소량 대충 집어넣는다. 환자의 살을 한 토막 잘라낸다. 피

가 흐르는 것을 본다. 친구들과 맥주를 마신다. 구멍을 꿰맨다…….') 레시피에 쓰이는 단어는 왜 소설에 쓰이는 단어만큼도 중요하게 여겨지지 않는 걸까? 전자는 몸에, 후자는 머리에 소화불량을 일으킬 수 있는데 말이다.

간혹 사정이 달랐으면 좋았을걸 하는 때가 있다. 늦게 요리를 시작한 사람들은 대부분 그렇게 생각한다. 옛날에 어머니가 삶고 굽는 법을 가르쳐주었더라면 좋았을걸 하는 것이다. 그랬더라면 다른 걸 다 떠나서 지금 이렇게 처절히 칭찬에 목마르지는 않을 것 아닌가. 마지막까지 남아 있던 손님을 떠나보내고 들어와 문을 닫는 순간, 나는 나도 모르게 습관적으로 이렇게 푸념한다. "양고기를/쇠고기를/무엇무엇을 너무 익혔어." 이 말은 곧 "아니야, 그렇지 않아, 그랬다 해도 상관없잖아, 안 그래?"라는 것이나 마찬가지다. 나는 대개 내가 바라는 반박을 답으로 얻는다. 그리고 스물다섯 살이 넘으면 뭐든지 부모를 탓하는 것이 허용되지 않는 우리 집안 규칙을 가끔 상기하기도 한다. 실은 그 나이가 되면 외려 부모님을 용서하는 일이 허용되기도 한다.

네, 아버지, 그래서 말인데요, 그 비트 뿌리를 넣은 샌드

위치 있죠, 그거 괜찮았어요, 제법 맛있었어요, 그리고 (망
설이다가) 정말 독창적이었어요, 저는 그렇게 잘 만들지
못했을 거예요.

# 경고: 현학자 근무 중

내게 원망스럽고도 피할 수 없는 장소였던 부엌이 점차 긴장된 즐거움의 장소로 바뀐 것은 30대 초반의 일이다. 나는 그때 처음으로 비시 당근 요리를 시도했다. 레시피는 당연히 요리책에서 찾았는데, 공교롭게도 그 요리책의 저자는 이 현학자가 요리를 해주는 그녀의 친구였다. 당근과 물, 소금, 설탕, 버터, 후추, 파슬리 등 재료만 보면 별로 힘들 게 없어 보였다. 나는 진정한 자신감을 가지고 재료를 모으는 일에 착수했다. 비시가 페탱*과 관련 있는 비시인가(이러니까 재료가 부엌자로 보일 지경이다), 건강 휴

양 시설을 말할 때의 비시인가(그렇다면 여기에 들어가는 이 모든 버터와 설탕과 소금은 뭐지?), 아니면 단순히 그 지역에서 오래전부터 전해 내려온 요리라서 비시라고 하는 건가 하고 생각하는 여유까지 부렸다.

이 레시피는 잠재적 위험에 초자연적으로 민감한 사람이 보기에도 식은 죽 먹기인 듯했다. 기본적으로 그냥 당근 껍질을 벗기고, 끓이고, 양념하고, 당근이 냄비에 들러붙거나 타지 않도록 마음을 좀 졸이면 그만이다. 그런데 막상 요리에 투신하려고 본문을 보니 무언가 이상했다. 본문이 세 부분으로 나뉘어 있는데 번호는 1, 2, 4로 매겨져 있었다. 이것을 현학자가 요리를 해주는 그녀에게 보여주었더니 아내 역시 그 빠진 번호에 어리둥절해했다. 아내는 그 요리사에게 전화해보는 게 어떻겠느냐고 했다. 어떻든 그 요리사가 저자니까.

나는 그럴 수 없을 것 같았다. 의사들이 만찬회에 갈 때 두려워하는 것이 있다. 옆자리의 누가 "혹시 이거 좀 봐

<hr />

* Henri Pétain(1856~1951). 제2차 세계대전 당시 비시 정권의 주석이었다. 비시 정권은 프랑스가 독일에 항복하고 비시에 세운 친독 정권이었다. 그래서 저자가 "부역자"라는 말을 썼을 것이다.

주실 수 있을지……"라고 우물거리며 바짓단을 걷어 올려 식사를 망치게 되는 일이 생길까 하는 것이다. 소설가의 경우, 친분이 있는 누군가가 소설을 썼다면서 130페이지로 별로 길지 않으니 한번 읽어보고 고견을 들려달라고 느닷없이 부탁할 때를 두려워한다. 이와 마찬가지로 요리책 저자들은 전화벨을 두려워할 게 뻔하다. 그런 전화는 꼭 저자가 저녁을 준비할 때 걸려오기 마련이다. 저자의 요리책에서, 그것도 절판된 지 오래된 책에서 모호한 무엇을 보고는 분명히 확인하려는 것이거나 집에 분말 고슴도치 가시가 없는데 그 대신 무엇무엇을 써도 괜찮겠느냐는 따위의 문의 전화이리라.

그렇지만 손님을 초대했기 때문에 나는 용기를 내서 저자에게 전화를 걸었다. 내가 간략히 문제점을 밝히자 그녀가 말했다. "그 레시피 좀 읽어주세요." 내가 레시피를 다 읽자 그녀가 말했다. "별문제 없어 보이는데요."

"아뇨, 내 요점은 출판사의 실수로 3번이 누락된 게 아니냐는 거고, 그렇다면 그 누락된 내용이 뭐냐는 거예요. 3번이 4번으로 잘못 인쇄된 건지도 모르지만요."

"다시 읽어주세요." 그녀가 말했다(전화기를 어깨와 턱

사이에 낀 채 성게 수플레 재료를 섞고 있었던 게 틀림없다).
나는 레시피를 다시 읽어주었다. "아무런 문제도 없어 보
이는데요." 똑같은 대답이었다. 내가 왜 전화했는지 어리
둥절했을 게 분명하다. 그때 나는 우리와 그들 사이에는
정말 큰 차이가 있다는 걸 깨달았다. 부자가 우리보다 돈
이 더 많기 때문에 우리와 다르다면, 레시피를 쓰는 요리
사들은 우리에게는 절실히 필요한 조언이 더 이상 필요
없기 때문에 우리와 다르다. 훌륭한 요리사가 되는 것과
쓸 만한 요리책을 집필하는 것은 완전히 별개의 문제다.
후자는 소설처럼 창의적 공감 능력과 정확한 표현력을 필
요로 한다. 대부분의 사람들의 삶에는 소설로 쓸 만한 내
용이 없다. 마찬가지로 대부분의 요리사들에게는 요리책
으로 쓸 만한 것이 없다.

"화가는 스스로 혀를 잘라야 한다"라는 마티스의 말은
(훨씬 더 은유적으로 해석해야겠지만) 많은 요리사들에게
적용되는 말이다. 요리사들을 사슬로 가스레인지에 묶어
두고, 그들에게 우리의 필요에 따라 창구로 음식을 내어
놓는 일만 허용하는 게 좋다. 나는 언젠가 라마스트르의
뒤미디호텔에서 이틀 밤을 지낸 적이 있다. 이 호텔은 엘

31

리자베스 데이비드가 칭찬한 곳으로 유명하며 꾸준히 최고의 앙시엔느 요리*를 선보인다. 그곳에서 체크아웃할 때 아르데슈 지방 최고의 요리사 20인을 자랑하는 포스터를 봤는데, 사진 속의 그들은 말쑥한 복장에 요리사 모자를 쓰고 명랑한 표정으로 대저택 계단에 서 있었다. 나는 여주인에게 그중 누가 그녀의 남편이냐고 물었다.

"설마, 모르세요?" 그녀가 말했다. 그렇다, 모른다. 이틀 묵는 동안 한 번도 그를 보지 못했으니까. "아, 그렇지. 그이가 거의 주방에만 있어서요." 나는 나중에야 그와 같은 경우가 얼마나 드문 일인가 (그리고 현명한 처사인가) 하는 데까지 생각이 미쳤다.

물론 우리에게는 레시피가 필요하며, 그것을 우리 것으로 삼을 전적인 권리가 있다. 옛날에는 레시피가 어머니들을 통해 입에서 입으로 전해졌다. 그러다가 글로 기록되기 시작했고, 점차 가부장적인 것이 되었다. 오늘날 우리는 남녀 누구에게든 요리를 배울 수 있다. 텔레비전을 통해 말로 배울 수도 있고, 요리책을 통해 글로 전달받을

---

* ancienne cuisine. 주로 쇠고기를 기름에 살짝 볶고 물을 조금 넣은 다음 뚜껑을 닫고 약한 불에 뭉근히 익혀 조리하는 전통 요리를 가리킨다.

수도 있고, 텔레비전 프로그램과 책을 묶은 파생 상품으로 접할 수도 있다. 나는 변함없이 책을 따라서 요리하는데, 텔레비전 카메라 앞에서 개성이 부풀려지는 요리사들을 대체로 신뢰하지 않는 편이다. 요리사들은 요리 방송의 초창기에도 존 리스*가 세운 고고한 이상을 따르지 않았다. 그 예로 패니 크래독과 조니 크래독**을 보라. 오늘날의 요리 프로그램은 한층 더 친근한 느낌을 주면서 기만적이다. 가령 이런 식이다. "자, 보세요, 이건 어떤 바보라도 뚝딱 만들 수 있습니다, 특별하거나 상류층이거나 똑똑한 사람들이나 하는 걸로 생각하지 마세요."

그렇다. 물론 그런 사람이라야 할 수 있는 건 아니다. 그러나 우리가 아무리 그것을 어릿광대의 놀이로 만들어도 학습은 학습이고 교습은 교습이다. 학창 시절 우리는 "능력이 있으면 행동하고 없으면 가르쳐라"라는 조롱조의 말을 입에 담곤 했다. 빈정대기 좋아하는 교사였던 우리 아버지는 그 말에다 "가르칠 능력이 없으면 선생들을 가르

---

* John Reith(1889~1971). 초대 BBC 방송사 사장. 방송은 상업적 이해관계를 배제해야 하며 질이 좋고 유익한 내용만을 엄선해야 한다고 믿었다.
** Fanny Craddock(1909~1994). 영국의 식당 비평가이자 요리사, 저술가. Johnny Craddock(1904~1987). 패니 크래독의 남편이자 요리사, 저술가.

처라"라는 말을 덧붙이곤 했다. 이 조롱의 말은 이제까지 "능력이 있으면 가르치시오"라는 슬로건으로 교묘히 전용되어왔다.

능력이 되면 요리하고, 아니면 설거지나 하라. 말이 나온 김에 여기서 한번 짚고 넘어갈 사항이 있다. 현학적이냐 아니냐 하는 것은 기질의 지표일 뿐이지 요리 솜씨와는 상관이 없다. 현학적이지 않은 요리사는 흔히 현학적인 요리사를 잘못 이해하고 우월한 태도를 취하는 경향이 있다. "에헤, 난 레시피 따위는 안 봐"라며, 그런 요리사를 마치 섹스 교본을 옆에 펴놓고 섹스하는 사람 취급한다. 또는 "요리책을 읽긴 해도, 그건 그냥 영감을 얻기 위한 거야"라고 말하기도 한다. 그렇다면 좋다, 그런 사람에게 한 가지만 물어보겠다. "당신이라면 그저 영감이나 얻기 위해 법규를 대충 훑어보는 사람을 변호사로 고용하겠는가?"

내가 아는 어떤 일류 요리사는 통닭구이를 할 때마다 자동적으로 요리책을 꺼내 본다. 사실 현학적인 것과 아닌 것에는 각각 장단점이 있다. 현학적인 요리사도 다 제각각이어서, 미각이 둔하고 탐구심 없이 집요하게 레시피의 지시만 집요하게 따르는 사람에서부터 모든 걸 제대로 해야만 직성이 풀리는 열성분자에 이르기까지 매우 다양하다. 한편 이도저도 아닌 요리사는 그냥 게으른 사람이거나 자만이 하늘을 찌르는 비현실적으로 '창조적'인 사람이거나 요리 기술에 숙달했을 뿐 아니라 주방의 모든 숨은 조화까지 속속들이 다 아는, 정당한 자신감을 가진 사람이리라. 현학적인 요리사가 해주는 음식을 반드시 좋아하는 건 아니지만 나는 가스레인지를 중심으로 벌어지는 활동과 머릿속에서 일어나는 활동 모두에 강한 동류의식을 느낀다. 높은 수준에 달한 그 분야의 종사자들을 그 동류에 포함시킬 수 있겠다. 그런 요리사들은 얼마든지 실험적이고 창의적일 수 있을지라도(독창성이 있어 보여도 도둑질에 지나지 않는 경우가 많지만) 자신의 요리를 자랑스럽게 내놓으려면 한 치의 오차도 없이 아주 정밀해야 한다는 것을 잘 안다. "에이, 그거면 돼"라는 식의 표현은 일류 음식점 주방에서는 좀처럼 들을 수 없는 말이다. 지금까지 내가 먹어본 최악(가장 불쾌했다는 의미에서)의 식사는 별이 주렁주렁 달린 어떤 프랑스 음식점에서 먹은 것이다. 그곳 요리사는 현학적이지 않다는 점을 부각하면서 그것을 근본 방침으로 삼은 슬로건을 만들었다. 그리고 자신의 요리를 "직관적 요리"라는 말로 광고했다. 내가 그곳에서 식사를 한 처음이자 마지막 날 밤 그에게 떠오른 직관은 혼자서 이 나라의 식초 산업을 구제하겠다는 것인 듯했다. 코스 요리가 전부 발목까지 찰 정도로 식초가 듬뿍 든 수프 접시에 담겨 나왔다. 나중에 후식으로 먹을 치즈, 크렘브륄레, 커피로는 또 어떤 학대를 받을까 두려울 지경이었다.

내가 20년 동안 사용하고 있는 비시 당근 레시피에는 변함이 없다. 문제의 3번 항이 실제로 있든 없든 상관없으리라고 결론을 내린 셈이다. 언젠가 그게 왜 비시 당근으로 불리는지 알아냈는데, 원래는 프랑스 중부 온천 도시 비시의 천연 탄산 광천수를 써서 만들었기 때문이라고 한다. 병에 든 생수를 어디에서나 구할 수 있게 되기 전에는 수돗물에 중탄산나트륨을 탄 물이 광천수의 대체품으로 인정받았다. 그렇지만 지혜가 무궁무진한 제인 그리그슨*은 이렇게 말한다. "글레이즈 당근을 비시 광천수에 요리

---

* Jane Grigson(1928~1990). 영국의 저명한 요리책 저자.

했는지 중탄산나트륨을 탄 수돗물이나 그냥 수돗물로 요리했는지 그 맛의 차이를 아는 사람이 있다면 놀라울 것이다." 이것이야말로 내가 좋아하는 종류의 글이다.

# 중간 크기의 양파 두 개

내 친구의 어머니의 이웃이(이러면 '또 우연이야' 하겠지만 사실이다.) 잼을 만들기로 했다. 그 이웃은 한 번도 잼을 만든 적이 없었다. 내 친구의 어머니는 이웃에게 블랙베리와 사과로 잼을 만들어보길 권했다. 다음 날 이웃은 참담한 결과를 가지고 나타났다. 치과의사의 드릴이 있어야 뚫을 수 있을 것 같은, 손가락 한두 마디 정도 두께의 시커먼 고형물이 단지 바닥에 웅크리고 있었다. 내 친구의 어머니는 무언가 잘못되었다고 생각했다.

레시피 경찰이 추궁하자 이웃은 "과일 1파운드에 설탕

1파운드"라고 쓰인 요리책을 보고 한 것이라고 실토했다. 어떤 이유에서인지(작은 두뇌를 가진 곰돌이 푸어서 그렇다든가 하는 그런 이유……) 이웃은 잼이 들어 있었던 1파운드 용량의 빈 병으로 재료의 분량을 재는 것이 가장 확실하리라고 확신했다. 그리고 그 병에 과일을 가득 담았다 비워낸 다음 설탕을 가득 담아내는 식으로 필요한 분량을 측정했다.

이 이야기를 듣고 한 번쯤은 웃어도 무방할 것 같다. 어쩌면 더 나아가 우리는 그녀보다 똑똑하다는 우쭐한 마음으로 크게 웃어도 될지 모르겠다. 그러나 우리 모두 요리를 하면서 어느 정도 우스꽝스러운 짓을 저지른 적이 있지 않은가. 내가 아는 캐나다의 어떤 소설가는 말린 바질로 페스토*를 만들려고도 했다. 그래도 그 이웃의 경우처럼 우스꽝스럽지는 않다. 이런 경우를 보면 요리책 저자들을 가엾게 생각하지 않을 수 없다. 그들은 그들 나름대로 최상의 요리법을 고안해서 친지들에게 실전 테스트까지 해보고 출판사 편집자들은 또 그들대로 조금 거들기까

---

* pesto. 신선한 바질, 마늘, 잣, 파르메산 치즈, 올리브유를 함께 으깨 만드는 신선한 소스.

지 하는데도 결국 그런 일이 발생하니 말이다. 이런 종류의 이야기는 요리사협회 같은 단체의 총회가 열린다면 분명 만찬 연설 소재로 등장할 것이다. 어쩌면 이런 걸 소재로 〈최악의 운전자〉랄지 〈지옥에서 온 이웃〉이랄지 하는 텔레비전 시리즈를 만들 수 있을지도. '우리가 하라는 대로 하기만 했더라면……'과 같은 멘트와 함께.

부엌의 현학자는 나처럼 요리가 과학인가 예술인가 하는 데는 관심이 없다. 그는 요리는 목공이나 가내수공업이 그렇듯이 기술이라는 말을 만족스럽지는 않지만 수용한다. 그는 경쟁심 강한 요리사가 아니다. 그는 에덴동산처럼 평온해 보이는 원예가 사실은 경쟁이 치열한 데다 시샘하는 사람들, 잘 속이는 사람들, 은밀하게 죄를 저지르는 사람들이 잘 빠져드는 분야란 것을 알고 놀라기도 하는 사람이다. 물론 경쟁심 강한 요리사들이 있지만, 부엌의 현학자는 그들과 다르다. 그는 맛있고 영양가 높은 음식을 만들고 싶고, 친구들을 독살할 마음이 없으며, 요리 종목을 늘리고 싶을 뿐이다.

아, 그 '뿐'이라는 말이 자아내는 비애감이란! 기술자로서의 포부가 고작 그래서야 절대로 자기만의 요리를 창안해내지 못할 것이다. 부엌의 현학자는 가끔은 대수롭지 않은 불복종 행위에 참여할지 몰라도 본질적으로는 레시피에 얽매인 단순노동자다. 다른 사람들의 말에 세심한 주의를 기울이고 그것을 따르기만 하는 사람이다. 그는 늘 그렇게 현학의 바위에 묶여 있다. 그곳은 간 요리를 먹는 자리가 아니라 자신의 간이 먹히는 자리다.*

부엌의 현학자는 새 레시피를 마주하면 간단한 음식이라도 불안감을 느낀다. 단어들은 '일단 정지' 도로 표지처럼 그를 향해 번득인다. 이 레시피는 설명이 애매한데, 그러면 적절한(아니 그보다는, 겁나는) 해석의 자유가 있다는 건가? 아니면 저자가 더 정확한 언어를 구사할 수 없어서 그런 건가? 간단한 단어부터 문제다. 한 '덩어리(lump)'는 얼마만큼이지? 한 '모금(slug)' 또는 한 '덩이(gout)'는 얼마만큼이지? 언제를 이슬비라고 하고 또 언제를 그냥 비라고 하느냐 하는 문제와 다를 게 없다. '컵(cup)'이라는 말은 편리한 대로 대충 쓸 수 있는 용어인가 아니면 정확한 미국식 계량 단위인가? 포도주 잔은 크기가 다양한

---

* 그리스 신화에서 올림포스 산의 불을 훔쳐 인류에게 준 죄로 영원히 바위에 묶여 독수리에게 간을 쪼아 먹히는 형벌에 처해진 프로메테우스를 암시한다.

데 왜 단순히 '포도주 한 잔'만큼이라고 하지? 잠시 잼 이야기로 돌아가겠다. "두 손을 합쳐 최대한 덜어낼 수 있을 만큼의 딸기를 넣으시오"라는 리처드 올니*의 레시피는 어떤가? 정말들 이러긴가? 고 올니 선생의 저작관리인에게 편지를 써서 그의 손이 얼마나 컸는지 물어보기라도 해야 한단 말인가? 어린이가 잼을 만들려면 어떡하란 거지? 서커스단의 거인은 어떻게 하지?

양파에는 또 어떤 문제가 있는지 보겠다. 어떻게 하면 눈물을 흘리지 않고 양파 껍질을 벗길 수 있는지 토론을 시작하지는 않겠다(최근 〈가디언〉 기고자들이 긴 토론을 벌인 바 있다). 다만 나도 한 번 그런 적이 있어서 경고해두자면, 안전 고글을 쓰고 양파 껍질을 벗기다가는 플라스틱 렌즈에 금세 김이 서려 자칫 잘못하면 도마가 피범벅이 될 수 있다. 각설하고, 진짜 문제는 이렇다.

(1) 레시피 저자들이 볼 때 양파의 크기는 딱 셋으로 나뉜다. '작은 양파, 중간 크기의 양파, 큰 양파.' 그런데 실제로 장바구니에 담기는 것은 작은 샬롯(shallot)**부터 컬링

---

* Richard Olney(1927~1999). 미국의 저명한 요리사이자 저술가, 화가.
** 작은 양파처럼 생긴 부추속 식물.

스톤만 한 크기의 양파에 이르기까지 실로 그 크기가 다양하다. 따라서 레시피에 '중간 크기의 양파 두 개'라는 말이 있으면 이에 딱 맞는 것을 찾으려고 현학적으로 양파 소쿠리를 한참 들척이게 된다. (물론 '중간 크기'는 상대적인 말이니만치 우리가 가지고 있는 것들의 크기를 전부 비교해봐야 한다.)

(2) 양파와 관련해서 일반적으로 널리 쓰이는 용어로는 'slice(얇게 썰다)'와 'chop(잘게 썰다)'이 있는데, 이 단어들은 논리상 서로 다른 방식을 의미한다고 나는 생각한다. 'slice'는 절반으로 자른 양파를 다시 가로로 얇게 자른다는 말이다. 그러면 반원형 양파가 어수선하게 흩어진다. 'chop'은 절반으로 자른 양파를 세로로, 즉 꼭지에서 뿌리 쪽으로 여러 겹 흩어지지 않게 벤 다음 가로로 자른다는 말이다. 그러면 잘게 잘린 양파가 수북이 쌓인다. 'slice'는 'finely(아주 얇게)'로, 'chop'은 'finely'와 'roughly(대충)'로 수식할 수 있다. 따라서 '썰다'라는 말은 다섯 갈래로 나뉘는데, 어느 쪽을 택할까 고민하느라 곧바로 작업에 들어가지 못한다. 물론 거꾸로 생각해서 이런 합리적인 자문을 해볼 수 있다. 즉 "내가 식탁에 음식을 받아놓

고 '이 음식은 양파를 다르게 잘랐으면 좋았을 텐데' 또는 '그랬어야만 하는데' 하고 생각해본 적이 있던가?"라고 물으면 물론 대답은, "그런 적은 한 번도 없다"이다. 그러나 부엌의 현학자가 내리는 결론은, 양파 자르기가 실패할 수 없는 작업이라기보다는 레시피를 열심히 잘 따랐기에 결과가 좋았으리라는 것이다.

이와 같은 사항을 알고 나면 내가 왜 레시피에 제시된 예상 준비 시간을 무시하는지 알 수 있을 것이다. 전문 요리사에게 필요한 시간의 두 배를 주어도 요리책의 예상 준비 시간은 항상 지나치게 낙관적이다. 요리책 저자들은 그들의 저서를 사서 보는 독자가 손을 떨면서 계량스푼을 쓸 때 그 모양이 '둥그스름한' 것인지 '수북이 담긴' 것인지 결정하는 일에, 또는 "과다한 비계는 잘라내라"라는 말에서 '과다'라는 단어를 해석하는 일에 얼마나 많은 시간을 들이는지 상상도 못 하는 듯하다. 최근 나는 "밤새 또는 일하는 동안 콩을 물에 담가놓으시오"라는 말을 가만히 들여다보다가 혹시 둘 중 어느 한쪽이 더 좋은 방식이라는 암시는 아닐까 하고 진지하게 생각했다. 저자는 주간의 빛과 소음에 노출된 콩보다는 아무런 방해를 받지 않는 야간의 콩이 물에 더 잘 붇는다는 것을 암시하는 것일까?

자책감만 들게 하는 비현실적인 예상 준비 시간보다는 대기 단계를 표시하는 게 훨씬 더 유용하다. 단계별로 만든 것을 냉장고에 집어넣고 각 단계마다 요리사가 쉴 수 있도록 전 과정을 부분 부분으로 나누는 것이다. 음식은 많은 경우 다시 데워도 손상되지 않는다는 실증적 증거가 있는데도 선입견을 버리기란 쉽지 않다. 마르첼라 하잔*의 『전통 이탈리아 요리(Classic Italian Cookbook)』에 나오는 "식사하기 몇 시간 전에 음식을 6단계까지 나누어 완료해놓아도 괜찮다"라는 말은 나에게 최초의 해방감을 주었다. 거기에는 "이 요리는 전체를 며칠 전에 미리 준비해놓아도 괜찮다"라는 더 좋은 말도 있다.

좀 더 광범위하게 보자면 우리는 음식점 오류라고 부를 수 있는 상태에서 해방될 필요가 있다. 음식점에서 코스 요리를 시키면 대략 다시 식욕이 동할 때쯤 다음 음식이 나온다. 음식점의 모든 요소가 공모하여 우리에게 영

---

* Marcella Hazan(1924~2013). 이탈리아의 요리책 저자.

향을 주기 때문에 우리는 주문을 하면 모든 음식이 짧은 시간 안에 특별히 새로 준비된다고 생각한다. 콩을 한 그릇 삶고, 감자 몇 개는 오븐에 집어넣어 굽고, 베어네이즈(Béarnaise) 소스*를 조금 휘저어 만들고 어쩌고 할 거라는 생각이 드는 것이다. 그렇다면 다른 손님들을 위해서도 똑같이 개별적으로 음식을 준비한다는 것인데, 우리는 이게 얼마나 바보 같은 생각인지 잘 안다. 그런데도 마음 한 구석에서는 여전히 그것을 믿는다. 이 믿음이 바로 우리가 다른 사람들을 위해 요리하기 시작할 때 악영향을 끼치는 요인이다. 즉, 요리란 한바탕 일사불란하게 준비해서 식사하기 몇 초 전 절정에 이르렀을 때 짠! 하고 내놓아야 한다고 생각한다는 게 문제다. 설령 그런 일이 가능하다 손 치더라도(가능하지도 않지만) 우리가 요리사 노릇만 해야 하는 게 아닌데 우리는 그 사실을 망각한다. 웨이터 노릇, 지배인 노릇, 코트 보관원 노릇, 재기발랄한 옆자리 손님 노릇도 해야 하지 않는가 말이다.

주방 용품 매장은 온갖 유용한 도구, 시간을 절약해주

---

* 달걀 노른자, 와인 식초, 허브 등을 섞어 만든 소스.

는 장비 등을 판매한다. 그렇지만 가장 유용하고 해방감을 주는 것은, 긴장했을 때를 대비해서 눈에 잘 띄는 곳에 붙여놓을 수 있는 '여기는 음식점이 아니다' 표지판일 것이다.

# 책대로


여러분은 요리책을 몇 권 가지고 있습니까?


(a) 충분하지 않다

(b) 딱 적당한 만큼

(c) 너무 많다


(b)라고 답한다면 거짓말이라는 이유로 결격이다. 자기
만족 때문에, 또는 음식에 관심이 없다는 것으로, 또는(이
건 제일 겁나는 이유일 텐데) 모든 것에 다 완전히 통달했기

때문인 것으로 간주되어 또한 결격이다. (a)나 (c)라고 답하면 점수를 딴다. 최고 점수를 따려면 (a)와 (c) 둘 다를 똑같은 비중으로 선택해야 한다. 누군가는 모든 것을 더 명료하고 쉽게 씀으로써 독자가 실패할 염려를 줄이고 더 믿을 만한 레시피를 내놓는다며 항상 새로 배우겠다는 자세를 보여주는 답이 (a)다. 그리고 이 (a)를 적용할 때 자주 실수하기 때문에 (c)도 답이다.

우리 집 부엌의 접근성 높은 중앙 선반에는 요리책이 스물네 권 있다. 그 위의 높은 선반 두 층에는 서른네 권, 벽에서 우묵 들어간 데에 세탁기가 있는데, 그 위에 설치된 선반에는 스무 권으로 이루어진 지원부대가 대기하고 있다. 화장실에는 여섯 권이 있다. 이 밖에도 아마 집 안 여기저기에 열 권에서 열다섯 권 정도가 흩어져 있을 것이다. 그래서 도합 백 권에 육박한다고 하자. 이 정도는

(a) 적당하다

(b) 딱 좋다

(c) 터무니없이 많다

전과 마찬가지로 정답은 (a) 더하기 (c)다. 가끔 (c)를 (b)의 규모로 축소하기 위한 정리 작업이 벌어진다. 그리고 가지각색의 요리를 향한, 실현하지 못한 의욕의 흔적(놀랄 정도로 많은 부분은 볶음 요리에 관한 것)은 옥스팜*에 기증된다.

가령 다음번에 책을 추릴 때는 몇 달 전에 산 나이절 슬레이터**의 주스에 관한 책 『갈증(Thirst)』을 어떻게 할지 생각해봐야 할 것이다. 책 자체에 하자가 없는 것은 분명한데, 문제는 우리 집에 주스기가 없다는 것이다. 내가 이 문제를 해결하려고 노력하지 않은 건 아니다. 언젠가 경쟁사들의 주스기를 비교 조사한 신문 기사를 읽고 한 대 구입하려고 한 업체에 주문과 함께 수표를 보냈는데, 나중에 보니 신용할 수 없는 업체였다. 친환경 인증 딱지를 붙인 제품을 광고한다고 해도 그 회사가 반드시 정직하지는 않을 수 있다는 생각을 왜 못 했을까? (수표를 보낸 것은 실수였다고 그 신문사의 민원 담당이 말했다. 그녀는 내가 신용카드로 지불했더라면 돈을 잃지 않았을 것이라고도 했다.

---

* Oxfam. 1942년 영국 옥스퍼드에서 시작한 빈곤 구제 기관.
** Nigel Slater(1958~). 영국의 요리책 저자, 저널리스트.

또한 지나가는 말로 그 가격의 절반이면 그와 똑같은 품질의 주스기를 살 수 있었을 것이라고 친절히 가르쳐주었다. 하지만 내 기분은 조금도 나아지지 않았다.)

그래서 주스 책은 있지만 주스기는 없다. 논리적으로 옥스팜이 답이다. 그렇지만 올해가 성공적인 주스기 구매의 해가 될지도 모를 일이다. 더욱이 이 책은 표지가 오렌지색 고무 재질의 장정이라 주스로 범벅이 되어도 스펀지로 닦아내면 그만이다. 그러나 주스가 튀면 표지보다는 내지에 튈 공산이 더 클 테니 내지에도 고무를 입히면 좋았을걸 그랬다. 1900년경 파리의 어떤 신문사는 고단한 한량들을 위해 욕조 안에서도 신문을 읽을 수 있도록 경화 종이를 사용했었다는데…… 에라, 좋다, 그럼 『갈증』은 그냥 가지고 있자. 다다음번에 정리할 때까지라도.

아찔한 커브길을 타고 올라가는 듯한 요리책 장서가의 길을 떠나는 분들에게 괜찮다면 내가 돈으로 대가를 치른 조언을 드리고자 한다.

(1) 화보를 보고 책을 사지 말 것. 요리책의 화보를 가리키며 "나도 이걸 만들어야지"라고 하지 말 것. 못 만든다. 음식을 전문으로 하는 광고 사진 작가와 예전에 알고

지낸 적이 있어서 하는 말인데, 근래 케이트 윈슬렛을 날씬하게 만들어준 사진 편집은 음식 사진에 가해지는 후안무치한 편집에 비하면 아무것도 아니다. 정말이다.

(2) 지면 배치가 복잡하고 화려한 요리책은 절대로 사지 말 것. 예를 들자면, 각 페이지가 가로 3단으로 분할되어 있어서 이론상으로는 책장을 앞뒤로 계속 뒤적이지 않아도 거의 무한한 세 코스 식사를 마음대로 조합해낼 수 있는 책이 보통 그렇다.

(3) 범위가 너무 넓은 책은 피할 것.『세계의 일품요리』라는 제목과 조금이라도 비슷한 느낌을 풍기는 것은 모두 이에 해당된다. 범위가 너무 좁은 책도 피하라.『사르가소 해물 요리』랄지『경이로운 와플』같은 것이 그렇다.

(4) 요리책을 노골적으로 진열해놓은 음식점에서 충동구매하지 말 것. 애초에 그 음식점에 왜 갔는지 그 이유를 상기하라. 요리를 먹으러 간 것이지, 나중에 그것만도 못한 걸 직접 만들어 먹으려고 간 게 아니지 않은가.

(5) 집에 주스기가 없으면 주스 책을 사지 말 것.

(6) 가급적 어떤 지방 특유의 멋진 요리책을 사고 싶은 충동을 억제할 것. 외국을 여행하다 보면 기념으로 사고

싶은 책이 있기 마련이지만 말이다. 나의 경우, 요리책의 극한, 즉 프랑스 캉탈 지방의 레시피만 모은 책을 구매한 일로 이 조언의 타당성을 입증할 수 있다. 이 책은 감상적인 이유로 매번 정리 작업에서 제외되어 몇 년간 자리만 차지했다. 그럼에도 이 책을 보고 만들어본 요리는 하나도 없다. 캉탈 지방 요리는 비가 많이 오는 데다 달리 선택할 요리도 없는 캉탈에서 먹어야 제맛이다. 게다가 속만 다른 양배추 요리가 필요하면 얼마나 많이 필요하겠는가.

(7) 과거의 유명한 레시피를 엮은 요리책, 특히 그 시대 풍의 목판화가 있는 복제 요리책을 피할 것.

(8) 낡고 지저분하더라도 제인 그리그슨이나 엘리자베스 데이비드의 요리책 구판을 가지고 있으면 글 내용은 똑같고 사진만 새로 추가된 신판을 사지 말 것. (2)항을 보라. 신판은 잘 보지 않는다. 여백에 메모가 있고 손에 익어 편안한, 기존의 지저분한 보급판으로 되돌아가게 된다.

(9) 자선을 위해 만든 요리책, 특히 텔레비전 뉴스 프로그램 진행자가 자기가 좋아하는 요리의 비결을 알려주는 책은 사지 말 것. 그럴 돈이 있으면 차라리 자선단체에 직접 기부하라. 그러면 돈이 중간에서 축나지 않고 고스란

히 자선단체로 들어갈뿐더러 나중에 나처럼 책을 추릴 때 그것을 처분할 필요가 없다는 이점도 있다.

(10) 요리책 저자도 다른 분야의 저자들과 다를 게 없다는 사실을 기억할 것. 대다수는 평생 써야 한 권 분량밖에 쓸 것이 없다(그중에는 애초에 책을 내지 말았어야 하는 이들도 있다). 과대 선전되는 새 요리책이 있으면 그것이 이에 해당하는 책일지 모른다는 생각을 해보라.

특정한 목적을 가지고 산 책의 영향과 더불어, 주기적으로 책을 추리고 정리하다 보면 결국 각자의 입맛, 요리 수준, 의욕, 호주머니 사정에 맞는 핵심 요리책만 남을 것이다. 나의 요리책 수집은 오랜 세월에 걸쳐 다음과 같은 책들을 중심으로 형성되었다. 백과사전 격인 책 한 권(앨런 데이비슨의 방대한 『옥스퍼드 음식 안내서』가 라루스출판사의 책을 밀어냈다), 대표적 개요서 두 세트(『요리하는 즐거움』과 콘스턴스 스프라이의 저서), 세 권짜리 요리 교재 두 세트(프루 리스와 델리아), 제인 그리그슨의 책 여섯 권, 엘리자베스 데이비드의 책 서너 권, 마르첼라 하잔의 책 세 권, 『리버카페 요리책』 시리즈 두 권, 사이먼 홉킨슨의 책 두어 권, 앨러스테어 리틀의 책 한 권, 리처드 올니의

책 한 권, 조슬린 딤블비의 책 한 권, 프랜시스 비셀의 책 한 권, 머틀 앨런의 책 한 권, 로울리 리의 책 한 권.

이상은 내가 애용하는 책들이다. 이외에도 가끔 보는 책이 가까이에 몇십 권 더 있다. 이 중 어떤 책들에서는 언제나 레시피 하나만 보게 된다. 가령 마거릿 코스타의 『사계절 요리책(Four Seasons Cookery Book)』에서는 훈제 대구 수플레, 수전 캠벨의 『신구 영국 요리(English Cookery New and Old)』에서는 가을철 디저트만 본다(엘더베리, 블랙베리, 돌능금이 들어가서 여름철 디저트보다 훨씬 더 낫다). 이 레시피들이 그렇게 좋다면 왜 같은 책의 다른 레시피는 쓰지 않느냐고 누가 묻는다면 나도 모른다. 그럼 그 책들에서 그 레시피만 복사해서 나만의 요리 파일에 철해놓고 책은 옥스팜에 보내면 되지 않느냐고 물으면, 그 레시피를 처음 보았을 때 그 원래의 페이지에 대한 어떤 끊을 수 없는 정 때문에 그러지 못하는 것 같다고 대답할 수 있겠다.

아, 그렇지, 나만의 요리 파일이란 것도 있다. 이런 걸 만들려면 신문이나 잡지에서 오린 레시피를 모아두는 일종의 작은 스크랩북 같은 게 필요하다. 이에 한마디 조언

하자면, 적어도 두 번은 만들어보고 오래도록 쓸 가능성이 있다는 것을 안 다음에 그 레시피를 파일에 포함시키는 게 좋다. 그런 스크랩북은 오랜 세월과 함께 우리의 이상한 요리 역정에 증인이 되어줄 것이다. 그것은 또한 사진 앨범처럼 추억을 되살려주기도 할 것이다. 내가 이걸 만들었어? 정말 느끼한 이 채소 파이도? 나를 정말 언짢게 만들던 필로 페이스트리* 속의 그 뭔가도? 내가 그러저러한 날 밤에 이걸 만들지 않았던가? 신문이나 잡지에서 오려 요리해보고 보관해둔 얼룩진 레시피가 얼마나 많은 감정적인 그리고 심리적인 기록을 축적해가는지 훗날 깨닫고 깜짝 놀라게 될 것이다.

이제 나가서 주스기를 사야 할 것 같다. 그래야 다음번, 혹은 다다음번 책을 추릴 때 주스 책을 처분하지 않아도 될 테니까.

---

* filo pastry의 filo는 아주 얇은 페이스트리 반죽을 뜻한다. 이파리를 의미하는 그리스어의 phyllo에서 온 말이다.

## 10분 요리의 대가

아주 오래전 어느 여름날 늦은 아침, 켄트에서 있었던 일이다. 기온이 상승하는 가운데 그 집 아들은 바람벽에 대고 테니스 서브 연습을 하고 있었고, 빈정대는 말을 잘 하는 세련된 용모의 안주인은 조용히 앉아 콩 껍질을 까고 있었다. 점심식사에 초대받은 손님들이 속속 도착했다. 그녀는 개의치 않고 하던 일을 계속했다. 그녀가 던져 넣는 콩이 양은 체에 부딪쳐 나는 소리가 인상적이었다(아직 요리를 하지 않던 시절이었지만, 요리를 하는 당사자의 걱정이 어떤 것인지는 느낌으로 알고 있었다). 손님들은 마실

것을 받았고 안주인은 서두르지 않고 일어나 천천히 집 안으로 들어갔다. 우리는 곧 식사하라는 말을 듣고 모여 앉았다. 나는 다량의 콩을 섭취했다. 그리고 식사를 마친 뒤 안주인을 도와 식기를 부엌으로 나르다가 냉동식품회 사 버드아이의 완두콩 통을 발견했다. 그녀는 빈 통을 숨 겨놓지도 않았던 것이다. 내가 그 이야기를 하자 그녀는 웃으며 눈썹 하나 까딱하지 않고 이렇게 말했다. "사람들 은 몰라요."

나는 그 일을 통해 처음으로 슬로푸드와 패스트푸드의 장점을 결합시키려는 인류의 부단한 탐색이 무엇인지 경 험했다. 나도 몰랐는데, 그런 시도로 쓴 가장 유명한, 게 다가 프랑스인(정확히는 폴란드계 프랑스인)이 쓴 책이 이 미 출간되어 있었다. 영국에서는 1948년에 나온 에두아르 드 포미안*의 『10분 안에 하는 프랑스 요리, 현대인의 생 활 리듬에 맞추기(La Cuisine en Dix Minutes ou l'Adaptation au Rhythme moderne)』라는 책이 그것이다. 나를 초대했던 그녀가 이 책을 읽었더라면 시간을 좀 더 절약할 수 있었

---

* Édouard de Pomiane(1875~1964). 프랑스의 과학자이자 요리책 저자.

을지도 모른다.

완두콩. 익은 완두콩 통조림을 산다. 2~3인분이면 230그램으로 충분하다. 통을 딴다. 내용물을 그릇에 붓는다. 즙을 따라낸다. 통조림에는 즙이 많이 들어 있기 마련이다.

그런 다음 3종의 구체적인 레시피가 제시된다. 3종 모두 넉넉잡아 10분 안에 만들 수 있는 것들이다.

나는 포미안이란 이름을 몇 년 전 짧은 시간에 뚝딱 만들 수 있는 토마토 수프 레시피를 친구에게 전달받으면서 처음 들었다. 토마토를 절반으로 자른다, 그것을 고온의 오븐에 넣어 액화한다, 라는 내용의 레시피였다. 그런데 전달 과정에서 무언가 주된 요소가 누락되었는지 실제로 해보니 오븐용 쟁반에 가득 넣었던 토마토는 액화는커녕 씨가 두드러져 보이는 진홍색 찌꺼기가 되어 나왔는데 (시간도 10분은커녕 여섯 배 이상 걸렸다), 분량은 작은 사발만 했고, 토스트에나 얹어 먹기에 적합했다. 나는 최근 우연히 그 『10분 안에 하는 프랑스 요리(Cooking in Ten

Minutes)』 중고 책을 발견했다. 툴루즈 로트레크* 풍의 목판화를 삽화로 곁들인 그 책에서 순식간에 만들 수 있다는 그 토마토 수프의 레시피를 확인해보니 친구가 알려준 것과는 완전히 달랐다.

냄비에 물을 4분의 3파인트** 넣고 물이 끓으면 토마토 농축 분말을 수프용 스푼으로 넉넉히 떠서 넣고 젓는다. 고운 세몰리나***를 디저트용 스푼으로 두 스푼 넣고 젓는다. 소금을 친다. 6분 동안 끓인 다음 진한 크림을 2온스 넣어 먹는다.

입으로 전해지는 레시피가 별 수 있겠는가. 아무튼 나는 그 공인된 레시피를 시도해보았다. 그런데 결과는 근사한 분홍색의 걸쭉한 세몰리나 탕이 되었고 녹지 않은 덩어리들이 바닥에 가라앉았다. 아주 약간의 영양분을 함

---

* Henri de Toulouse-Lautrec(1864~1901). 프랑스의 화가. 〈물랭루주〉 포스터를 그렸다.
** 영국에서 1파인트는 약 0.568리터이므로 4분의 3파인트는 약 0.426리터다.
*** semolina. 일반적인 밀가루보다 거칠게 빻은 듀럼 밀가루. 듀럼 밀은 파스타의 원료로 쓰이는 밀이며, 대부분의 양질 파스타는 세몰리나를 원료로 한다.

유한 도배용 풀과 같은 맛이 났다. "학생, 여직원, 회사원, 예술가, 게으른 사람, 시인, 활동가, 몽상가, 과학자"를 위한 것이라는 3백 개의 레시피를 훑어보면 볼수록 그 책은 그 시대 특유의 향기로운 트라이플*처럼 보였다. 가령 토마토 샐러드 레시피는 이렇게 끝난다. "프랑스의 더운 남부 지방 사람들은 요리에 항상 마늘 한 쪽을 곱게 다져서 넣는다. 그러나 기후가 온화한 지역에 사는 사람들에게는 마늘을 권하지 않는다." 권하지 않는다고? 하지만 시대가 변했다. 여기 북쪽이라고 포리지와 방울양배추만 먹고 사는 건 아니다. 게다가 포미안 씨는 익살스럽게 "부디 10분만 귀를 기울여주시기 바라며 이 책을 X 부인에게 바칩니다"라는 프랑스인다운 헌사를 썼다. 여보세요, 여보세요, 제기랄, 에잇 망할, 이랄지 뭐 그런 말들이 절로 나온다.

내가 『오믈렛과 와인 한 잔(An Omelette and a Glass of Wine)』에서 이 10분 요리의 대가를 다룬 엘리자베스 데이비드의 에세이 두 편을 읽은 것은 바로 그 즈음이었다. 그녀의 말에 따르면 포미안은 반세기 동안 파스퇴르 연구소

---

* trifle. 셰리주나 포도주를 넣은 스펀지케이크에 거품크림을 토핑으로 얹은 영국 식단의 디저트다.

에서 학생들을 가르친 식품과학자이자 영양사였다. 그는 프랑스 전통 고급 요리의 많은 요소가 이론적으로나 실제적으로나 소화가 잘 안 된다는 것을 발견한 이단아요, 선동가이기도 했다. 반박할 수 없는 엘리자베스 데이비드의 의견에 따르면, 1960년대와 1970년대의 뉴웨이브 프랑스 요리사들 때문에 유명해진 많은 종목—미셸 게라르의 콩피튀르 드 오니옹* 같은 것—들을 최초로 제안한 사람은 사실 포미안이었다.

데이비드는 10분짜리가 아닌 포미안의 레시피도 두 개 소개했다. 아무래도 토마토가 주제이다 보니 나는 크림 토마토에 관심이 쏠렸다. 포미안이 폴란드인인 어머니한테서 전수받은 요리로, 데이비드는 "그 맛이 다른 토마토 요리와는 놀랍도록 달라서 어떤 음식점이든 메뉴에 포함시키기만 하면 아마도 곧바로 지역 특선 요리로 가이드북에 소개될 것"이라고 말한다. 토마토 여섯 개를 이등분한다. 프라이팬에 버터를 듬뿍 넣는다. 여기에 토마토 잘린 면이 아래로 가게 놓고, 포크로 찔러 구멍을 낸 다음 뒤집

---

* confiture d'oignons. 양파 설탕절임.

는다(즙이 흘러나오도록 하는 것이다). 이것을 금방 다시 뒤집고 더블크림을 3액량 온스* 넣어 전체적으로 거품이 일 때 내놓는다.

나는 이 레시피를 신뢰할 수 없었다. 버터의 양이 정확하지 않고 불의 세기는 명시되지 않았다. 게다가 때는 2월 중순이라 내가 구할 수 있는 것이라곤 최상품이라고 해도 서리를 맞아 단단하고 즙이 별로 없는 옅은 오렌지색 토마토뿐이었다. 나는 주방에 불명예를 초래하지 않겠노라는 가는 희망을 품고 약간의 소금과 후추와 설탕을 톡톡 뿌려 넣으면서 광적으로 포미안이 제시한 레시피의 근사치를 준수했다. 그 결과는 믿을 수 없을 정도로 좋았다. 어찌된 건진 몰라도 이 방법으로 오래전에 그 진액을 잃은 것처럼 보였던 과일 여섯 개에서 풍부한 즙이 추출되었다.

그래서 나는 바로 www.abebooks.com**에서 『포미안과 요리를(Cooking with Pomiane)』을 샀고, 책을 펴자마자 엘리자베스 데이비드가 그의 어디를 마음에 들어했는지 알

---

* 액체의 부피를 재는 단위의 하나. 영국에서 1액량 온스는 약 28밀리리터다.
** 소규모 서점과 독자를 연결시켜주는 사이트. 소량 제작되었거나 절판된 책도 구할 수 있다.

게 되었다. 그들은 둘 다 같은 종류의 프랑스 요리(지역적, 부르주아적, 비교조적인 것)를 선호하는데, 레시피의 구성 방식이 서로 비슷하고 내용은 간결하다. 그들의 주된 차이점은 어조가 다르다는 것인데, 이것은 살림을 하는 현학자에게는 중요한 사항이다. 조금도 과장하지 않고 말해서 엘리자베스 데이비드는 완고해서 좀처럼 말이 옆으로 새지 않는다. 말이 많아봤자(크림 양송이 요리 레시피의 경우를 예로 들면) 겨우 다음과 같은 정도다. "우리 네 자매의 유모는 육아실 난로를 이용해 요리를 만들어주곤 했는데, 버섯 재료로는 우리가 직접 이른 아침에 나가 채취해 온 것을 사용했다." 상류층의 환경이다. 우리와는 좀 동떨어진 것으로 들리지 않나? 포미안의 책은 다음과 같다(뉴타라곤 감자 레시피에서): "나는 스스로 식물학자라고 자부했는데, 그 환상은 내가 한 매력적인 여직원에게 파슬리와 처빌과 타라곤의 씨를 달라고 했을 때 여지없이 깨졌다. 여직원은 이렇게 대답했다. '타라곤에는 열매를 맺을 수 있는 씨가 나지 않아요. 모종을 원하시면 이걸 가져가세요. 3년 만에 죽겠지만요. 그럼 그때 다시 와서 나를 찾으세요.'"

포미안의 책에 송아지 머릿살 튀김 레시피가 있는데, 그는 마치 우리가 글쎄 하며 반신반의한다는 걸 알아차리기라도 한 듯 "한번 만들어보세요, 정말 상당히 맛있어요"라고도 말한다. 그런가 하면 수플레 포테이토는 절친한 친구가 왔을 때만 만들라고 권고한다. 십중팔구 "요리를 망치든가, 성공하더라도 저녁 내내 손님 대접에 소홀한 잘못을 빌게 될 것"이라는 것이다. 이렇듯 그의 어조는 엘리자베스 데이비드의 인간적인 면과 공모한 듯한 미소를 띠고 있다. 그렇지만 그가 동정심이 풍부한 사람일 뿐만 아니라 마음속 깊이 내 편이기도 하다는 걸 깨달은 것은 '뵈프 아 라 피셀(Bœuf à la Ficelle)'이라는 요리(고깃덩어리 윗부분이 위로 나오게 끈으로 매달아 끓이는 방식)의 레시피를 보았을 때였다. 거기에는 요리가 다 되면 이렇게 하라고 쓰여 있다. "냄비에서 고기를 건져내어 끈을 제거한다. 고기의 표면이 회색이라 시각적으로는 별로 맛있어 보이지 않는다. 그래서 이 시점에는 기분이 좀 우울해질 수 있다." 이 말처럼 격려가 되고 현학자에게 우호적인 글이 또 있을까? "기분이 좀 우울해질 수 있다"라니. 어쩌면 요리책들은 레시피마다 시간은 얼마나 걸리고 몇 인분인지를 표시하는 것 외에도 우울해질 확률의 등급을 매김이 마땅하리라. 가령 교수형 올가미 그림 다섯 개 중 몇 개를 표시한다든가 하는 식으로.

포미안의 요리는 요즘 프랑스에서도 점점 더 보기가 힘들어지는 브라스리와 비스트로* 풍의 음식이므로, 그의 요리책은 주목받을 (그리고 재출간될) 가치가 있다. 몇십 년 동안 도피누아(dauphinois)식 감자 요리를 같은 방식으로 만들었는데도 나는 금방 포미안의 방식으로 갈아탔다. 더 질척하고 더 크림 범벅이고 표면이 분화하는 것 같은 그것으로 인해 나는 오래전으로, 머나먼 곳으로 돌아간 기분이었다. 엘리자베스 데이비드는 그의 레시피 중 하나─거대한 치즈 토스트 레시피─를 가리켜 "요리책 저술의 압권"이라고 칭했다. 이 말이 뜻하는 바는 그의 글이 "용기 있고, 정중하고, 성숙하다"라는 것이다. 그녀는 또 이렇게 말한다. "그의 글은 창조적이다…… 그의 글은 책에 있는 것을 맹종하지 말고, 비판력과 창의력을 행사하라고

---

* 브라스리(brasserie)는 주로 스테이크와 감자튀김과 같은 단품 요리를 제공하는 편안한 분위기의 음식점이다. 비스트로(bistro)는 스튜와 같은 가정식을 싸게 제공하는 수수한 분위기의 음식점으로 브라스리와는 달리 일반적으로 인쇄된 메뉴판이나 테이블보가 없다.

독자를 이끈다. 그리고 스스로 발견하고, 혼자 힘으로 사물을 관찰하도록 독자를 밖으로 내보낸다." 글쎄, 그럴지도 모르지만, 내 생각에 그건 낙관의 한계를 넘어서는 말 같다. 내가 말할 수 있는 것은 오직 하나, 뵈프 아 라 피셀을 처음 요리했을 때 에두아르 드 포미안이 하라는 것을 모두 그대로 맹종했다는 사실이다. 그리고 결과적으로 나는 요리를 하고도 놀랍게도 우울해지지 않았다.

## 아니, 그 짓은 못 해!

장소는 런던, 전문직에 종사하는 사람의 집 부엌, 때는 1995년 말 또는 1996년 초, 저녁 시간이다. 초대된 손님들이 어슬렁어슬렁 도착해 기다랗고 말끔한 식탁 앞에서 자리 안내를 기다리고 있다. 사이드보드 위에 접시가 하나 있는데, 거기에 무언가 갈색의 진창 같은 둥근 것이 납작하게 놓여 있다. 누가 보아도 결코 예뻐 보이지 않는다. 사실은 쇠똥에 가깝다.

**동정적인 손님:** 저건 초콜릿 네메시스인가요?

**안주인:** 네.

**동정적인 손님:** 레시피대로 안 됐어요?

**안주인:** 네.

**동정적인 손님:** 레시피대로 되는 적이 없죠.

**안주인:** 대신에 두 가지 다른 푸딩을 만들었어요.


이 장면의 주요소는 이렇다.

(1) 얼마 전 안주인과 같은 입장에 놓였던 손님의 본능적인 진정한 동정.

(2) 실패는 했어도 시도는 했다는 증거로 여봐란듯이 그 디저트가 전시되어 있다는 사실.

(3) 이 극도의 고관세(高關稅) 실패를 메우려고 두 가지 다른 디저트를 만들었다는 사실.


자만에는 필연적으로 응보가 따른다는 것을 도덕가라면 누구나 다 안다. 그러나 그 법칙이 이번 경우처럼 글자 그대로 예시된 적은 일찍이 없다.* 자신의 요리 능력에 대

---

\* 그리스 신화에서 무모하고 어리석은 자만은 신에 맞서는 행동으로서 멸망 또는 네메시스(천벌, 응보)를 부른다.

한 과도한 자만이 초콜릿 참사를 부른 것이다. 혹시 초콜릿 네메시스가 무언지 잊은 분들을 위해 한마디 덧붙이자면, 이 디저트는 그 저급한 이름이 암시하듯 원래 리버카페 특유의 요리였다. 그곳에서 이 극도로 퇴폐적인 디저트의 맛을 발견한 사람들은 『리버카페 요리책(River Cafe Cook Book)』이 처음 나왔을 때 그것을 직접 만들어보겠다고 생각했다.

뭐가 잘못되었는지, 우리 네메시스인(人)들은 아무것도 알아내지 못했다. 사람들이 진품을 먹으러 리버카페를 다시 찾도록 하려고 레시피에서 어떤 중요한 성분을 계획적으로 생략했기 때문일 것이라는 과대망상적인 해석이 내려졌다. 이보다 좀 더 그럴듯한 해석은 업소용 오븐은 가정용과 다르며 음식에 따라 그 결과의 차이가 확대되는데, 초콜릿 네메시스의 경우 이 확대된 차이가 더 크게 확대된다는 것이다. 이로 인한 실패는 대개 아주 극적이어서, 이를 극복하고 재도전하는 사람은 거의 없었다.

요리를 시작하고 가장 먼저 배우게 되는 교훈은, 요리책이 아무리 솔깃해 보여도 어떤 요리들은 반드시 음식점에서 먹어야 제일 맛있다는 사실이다. 내 경험으로는 디저트가 대개 그렇다. 생지가 양피지처럼 얇고 살짝 깨물어도 바삭거리고, 표면의 글레이즈가 반짝이는 그 완벽한 애플타르트를 만드는 건 어떨까? 일찌감치 꿈을 깨는 게 좋다. 뒤집어 굽는 타탱* 제빵 원리에 의존하는 것은 무엇이든 다 그렇다. 아 참, 런던 북부에 있는 음식점 모로(Moro)의 눈부신 요구르트 케이크도 마찬가지다. 나는 모로에서 펴낸 요리책을 보고 딱 한 번 그걸 만들어보았는데, 맛은 훌륭했지만 모양은 무언가를 게워낸 것 같았다. 그래서 나는 디저트 레시피를 읽기는 해도 매번 한숨만 쉬고 아이스크림 기계를 꺼낼 따름이다.

표지가 파란색인 첫 『리버카페 요리책』은 출간 당시 극찬을 받았지만 곧 약간의 야유가 뒤따랐다. 라이프 스타일을 패키지로 강요받는 건 아닌가 하는 사람도 있었고, 꼭 이런 종류의 올리브유나 꼭 저런 종류의 렌틸콩(lentil)을 쓰라고 강조하기 때문에 기가 좀 죽는다는 사람도 있었다. 당시 〈인디펜던트〉의 제임스 펜턴은 이렇게 말했다. "나는 몇 주 동안 이 요리책을 집었다 놓았다 반복했지만,

---

* tatin. 설탕과 버터를 바른 팬에 과일 토핑, 반죽을 붓고 구운 것을 뒤집는 방식.

실제로 그중 하나라도 요리해보았다고는 할 수 없겠다. 요리는커녕 내가 과연 그 까다로운 기준을 따를 수 있을까 하는 생각만 하다가 볼일 다 본다."

『리버카페 요리책』'블루'에 이어 '옐로'와 '그린'이 나왔다. 나는 '블루'와 '그린'을 꾸준히 사용하지만 대개는 파스타 종류의 요리와 리소토, 채소를 요리할 때만 그렇다. 레시피들은 명료해서 현학자가 흠잡을 게 별로 없으며, 결과는 항상 맛있다. 나는 다른 어느 것보다 이 책들에서 더 많은 교훈을 얻었다. 내가 두 번째로 얻은 교훈은 전문 요리사와 가정 요리사의 관계는 남녀 간의 성적인 접촉과 유사하다는 것이다. 보통 둘 중 한쪽은 경험이 더 많으며, 양쪽 다 언제든 "아니, 싫어, 안 할 거야"라고 말할 권리가 있어야 한다는 점에서 그렇다.

전문가(가령 엘리자베스 데이비드와 같은 저자)는 일일이 독자의 손을 잡아 이끌거나 감언으로 꾀기를 거절할지 모른다. 한편 고객이 레시피를 거절할 때는 직감 때문일—달리 무엇 때문이겠는가—확률이 크다. 예를 들어 우리가 닭을 한 마리 산다고 하자. 우리는 그것을 집에 가져가 요리책을 고르다가 이날은 『리버카페 요리책』'블루'의 날

로 정한다. 그리고 이 책에서 처음 마주하는 레시피는 '폴로 알라 그릴리아'다. 양념 그릴 치킨. 괜찮을 것 같다는 생각이 든다. 그런데 레시피를 자세히 읽어보니 처음 4분의 3은 뼈를 바르는 일에 할애되어 있다. 그러면 이렇게 생각하기 마련이다. "아니, 이렇게까지 할 순 없어. 그냥 '살을 잘라내라'는 것이라면 또 모를까. 우선 난 내 솜씨를 신뢰하지 않아. 그 뿐만 아니라 우리 집 부엌에 뼈를 바르는 칼로 인정받을 만한 것이 있을 것 같지도 않고. 그리고 결정적으로 이 빌어먹을 닭은 한 마리밖에 안 사 왔는데, 한 시간 동안 그 짓을 한 뒤에 여우가 주둥이로 쑤신 듯이 보이는 걸 보고 싶지 않아." 그렇다면 결정은 이미 내려졌다. 페이지를 넘겨 다른 치킨 레시피를 찾아본다. 두 가지가 더 있다. 둘 다 그 빌어먹을 닭의 뼈를 바르라는 것으로 시작한다. 그러면 결국 또 델리아의 요리책을 꺼낼 수밖에 없게 되는 것이다.

두 번째 교훈의 속편: 어려움도 어려움이지만 시간도 문제다. 『리버카페 요리책』 '그린'에는 내가 자주 만들어 먹는 것으로 토마토와 육두구(그리고 바질, 마늘, 페코리노 치즈)가 들어가는 기막힌 펜네 요리 레시피가 나온다. 여기서 육두구는 의외로 중요한 성분이다. 하지만 그보다 먼저 나는 이 레시피의 도입부부터 정복해야 했다. "잘 익은 방울토마토 2.5킬로그램, 이등분해서 씨를 뺀다." 2.5킬로그램이라면 5파운드도 훨씬 더 된다. 이 조그만 녀석들이 몇 개나 모여야 1파운드가 될까? 내가 말해주겠다. 방금 열다섯 개의 무게를 달아보았더니 4온스였다. 다시 말해 1파운드면 60개란 얘기다. 그러니까 5파운드면 3백 개다. 이걸 모두 반으로 자르면 6백 조각이 되는데, 한 개라도 빠트릴까 봐 마음을 졸이며 칼로 하나하나 씨를 톡톡 빼내다 보면 사방이 온통 토마토 주스로 범벅이 된다. 자, 그럼 다 함께—아니, 우린 그 짓은 못 해! 그러고는 토마토 씨는 추가 섬유질이라는 명분으로 그냥 두기로 한다.

　이상 말한 것들은 부정적인 교훈처럼 들릴지 모르지만 긍정적인 것 못지않게 유익할 수 있다. 우리는 프로 요리사가 아닌 데다 숨을 헐떡이며 쪼그만 토마토들의 씨를 빼주는, 게다가 돈을 받으며 그 일을 해주는 제이미 올리버들을 수두룩이 거느리고 있지 않으므로 고통스럽고 좀 굴욕적이어도 그건 감당할 수 없는 일이라는 것을 발견한다는 점에서 그렇다. 그러면 다음에는 집에 혼자 있고 시간에 쫓길 때 그런 걸로 저녁을 망칠 선택은 하지 않을 것 아닌가.

아무튼 요리책 저자들이 우리에게서 바라는 것은 무엇일까? 무언의 복종? 그렇다면 그건 도대체 어떤 관계를 암시하지? 어쨌든 우리는 감자 껍질을 벗기는 징벌을 받는 신병은 아니잖은가. 우리의 불순종이 어리석은 오만이든 뭐든 간에 그들은 우리를 비난할 수 없다. 우리는 그 책을 사려고 지갑을 연 게 누구인지 기억해야 한다. 그들에게 존중받는 길은 반항밖에 없다. 자, 반항합시다. 우리에게 좋은 일이다. 아마 그들에게도 좋은 일일 것이다.

요전 날 저녁, 나는 다시 그 집에 가서 그 기다랗고 말끔한 식탁에 앉아 있었다. 안주인은 치즈를 치우고, 으스대는 듯 보일 정도로 아무렇지도 않게 그 자리에 디저트를 갖다놓았다. 그렇다, 그건 초콜릿 네메시스였다. 외양간과 관련한 비유를 초래하지 않는, 기막히게 맛있는 완벽한 것이었다. 이번에는 『리버카페 이지(River Cafe Easy)』라는 새로 나온 책을 보고 만든 것으로서, 이 책에서 그것은 '이지 스몰 네메시스(견디기 쉬운 가벼운 징벌이란 없으므로 고대 그리스인들은 이해하지 못했을 발상)'로 명명되어 있다. 여기에 들어가는 재료는 전에 비해 반으로 줄었는데, 그보다는 요리에 걸리는 시간이 다르다는 게 더 주요한 차이점이다. 가스오븐 온도를 3에 맞추고 30분 정도 구우라던 레시피가 2분의 1에 맞추고 50분 구우라는 것으로 바뀌었다. 나는 그 집을 나서다가 현관 앞에서 안주인에게 패배에 굴복하지 않은 것을 치하했다. 실로 모든 게 일거양득으로 잘되지 않았는가. 그녀는 소리 죽여 웃으며 살며시 이렇게 말했다. "그런데 이번에도 시간은 레시피의 절반밖에 안 걸렸지 뭐예요."

## 선인장과 슬리퍼

　내가 어렸을 때 우리 집은 인근에서 일어나는 경매를 이용해 가재도구를 갖추었다. 그렇게 장만한 것들 중에는 어린이들이 노는 나무 위의 집만큼이나 큰 옛날 텔레비전이 있었는데, 이 옷장 스타일 텔레비전의 쌍여닫이문을 닦으려면 광택제가 반 깡통이나 들었다. 이 거대한 기계 위에는 가족공용 성경책이 놓여 있었는데, 마찬가지로 경매에서 건진 것이었다. 언젠가 난 우리 집은 아무도 교회에 다니지 않는데 왜 그걸 그렇게 전시해두는 거냐고 어머니에게 물은 적이 있다. 그리고 어머니의 대답에서 우리와 같은 환경에 사는 사람들은 그런 걸 가지고 있기 마련이라는 사실을 알게 되었다. 성경책 앞표지를 넘기면 이전에 그걸 소유했던 가족의 가계도가 나왔다. 그들이 죽었거나 종교를 버려서 그게 경매의 매물로 나와 우리 집에 이르게 되었을 것이다. 다른 집의 가족공용성경책이 우리 집에 있다니 야릇하단 생각이 들었다.

부엌에는 다른 종류의 가족공용성경책이 있었는데, 그것도 역시 사회계층의 지표로서, 경매에서 구입한 중고 책이었다. 다름 아닌 워드록출판사판 『비턴 여사의 살림 교본』이다. 두께가 10센티미터에 1997페이지나 되는 것으로 정말 살찐 돼지 같은 책이다. 어머니는 아르누보 문양의 책등과 두꺼운 표지로 장정된 이 책에 적극적인 경의를 표하여 파블론 비닐을 씌웠다. 나는 당시에 본문에는 별로 관심이 없었지만 흑백이든 컬러든 그 책에 수록된 많은 도판에는 큰 흥미를 느꼈다. 냅킨을 접는 기술에는 장장 17페이지에 걸쳐 삽화가 수록되어 있었다. 멧돼지 머리, 주교, 납작한 향주머니, 선인장, 슬리퍼 따위와 같은 모양으로 접는 기술이다. 이 모양들을 만들려면 세탁한 다음 가볍게 풀을 먹인 큼직하고 깨끗한 리넨이 있어야 한다. 내가 매일 둘둘 말아 플라스틱 냅킨 고리에 넣어 사용하는 흐늘흐늘하고 얼룩진 면 냅킨으로는 그런 모양을 만들려고 해보았자 헛수고일 게 뻔하다.

냅킨 한 종목만 가지고도 그 정도다. 그 책의 나머지는 그처럼 기묘하면서 호사스러운 것들의 조합으로 이루어져 있다. 아니, 실제로 이렇게 사는 사람들이 있다는 건가? 변두리 주민이었던 나는 의아했다. 어쩌면 어딘가 아직 그렇게 생활하는 사람이 있을까? 어쩌면 정말로 식기전용실이 따로 있는 집이 있을지도 모르지. 어쩌면 주색에 빠진 사람들이 꽃자루 같은 받침이 달린 진열용 자기 접시에 씨 없는 작은 과일들을 산처럼 수북이 쌓아놓고, 소를 넣은 메추라기 요리를 루리타니아* 왕의 왕관 같은 용기에 담아 내오는지도 모를 일이다. 컬러 도판이 가리키듯 세상에는 정말로 이렇게 많은 종류의 수프가 있는 걸까? 주류 목록은 또 어떻고. 삽화 하나에 술이 스물여덟 병이나 꽉꽉 채워져 있고, 샤토 라피트와 에뮤 브랜드의 부르고뉴 와인이 나란히 있다. 제목이 '부엌'인 1번 삽화

---

* Ruritania. 영국의 소설가 앤서니 호프의 소설에 나오는 로맨스와 모험의 왕국이다.

와 같은 부엌이 있는 집에서 사는 사람이 있을까? 이 부엌의 구성 요소는 이렇다. 높은 웨일스식 찬장, 거대한 테이블, 기차역 시계, 구석에서 뒷짐 지고 무시할 수 없는 자세로 서 있는 충실한 살찐 요리사. 이 모든 게 어떻게 우리의 생활에 적용될 수 있다는 말인가?

별로 적용되지 않는다.『비턴 여사의 살림 교본』은 마치 사전처럼 가끔 마지막으로 의지하는 권위의 근거로 사용되었다. 어머니는 곧잘 "『비턴 여사의 살림 교본』에서 찾아보자"라고 했는데, 레시피보다는 가사와 의약 정보(가령 "손상되지 않은 동상 도포약"과 같은)를 참고하는 일이 더 많았다. 선반에 이 책을 두는 것은 벽에 빅토리아 여왕의 컬러 석판 초상화를 걸어두는 것이나 플로렌스 나이팅게일 얼굴이 그려진 머그잔을 가지고 있는 것과 같았다. 마음이 든든하기도 하고 막연한 애국심의 표현이기도 한 것이다. 비키와 플로*는—이렇게 부를 정도로 친근한 건 아니지만, 아무튼—20세기 문턱을 넘을 정도로 장수했다. 그러나 이사벨라 비턴은 1836년에 태어나 자식 넷과 요

---

* 앞서 나온 빅토리아 여왕과 플로렌스 나이팅게일을 가리킨다.

리책 한 권을 남기고 스물여덟 살에 요절했다. 코넌 도일
은 결혼 생활을 탐구하는 소설 『특수한 합창 부분이 있는
이중창』에서 여주인공의 입을 통해 이렇게 말한다. "비턴
여사는 세상에서 제일 훌륭한 주부였던 게 틀림없어요.
그러니까 그녀의 남편은 분명히 가장 행복하고 팔자 좋은
사람이었을 겁니다." 아아, 그러나 안타깝게도 그 행복은
오래가지 않았다.

　『비턴 여사의 살림 교본』은 그녀가 죽은 뒤로 분량이
기념비적 규모로 불어났다. 내가 가지고 있는 1915년판은
1861년판의 두 배 정도 된다. 사후 비턴 여사는 하나의 구
성체, 하나의 브랜드가 되었다. 그리고 죽을 수밖에 없는
운명에 저항한다는 의미에서 여신이 되었다. 엘리자베스
데이비드가 지적했듯이 초기의 판본들에는 아내를 잃은
비턴 씨의 부고 문안이 실려 있다. 그러나 비통해하는 홀
아비에게서 저작권을 매입한 워드록출판사는 나중에 그
부분을 쏙 감추고 모브캡*을 쓴 어떤 위엄 있는 노부인이
어딘가에 살면서―아마 1915년에 이르러서도―그들을

---

* mob-cap. 18~19세기 초에 여자들이 실내에서 쓰던 가벼운 면 모자.

지켜본다고 상상하도록 독자들에게 그 사실을 알리지 않았다.

마침내 내가 우리 집 부엌의 성경책을 물려받아 보는데 책갈피에서 소책자 하나가 나왔다. 여성단체에서 간행한 '부드러운 슬리퍼 만들기 안내서'로, 할머니의 물건이었다. 그 난도는, 예를 들어 헤스턴 블루먼솔*의 레시피보다 높지 않아 보였다. 책의 본문도 다시 잘 들여다보았다. 옛날에 기묘하다고 느낀 것들은 여전히 기묘했다. 가령 이런 것들이 있다. 흰눈썹뜸부기 구이 레시피, 뇌조 통조림 레시피(캔을 따서 뇌조를 꺼내 굽는다), '오스트레일리아의 대표적 요리'라는 표제 아래 왈라비 구이(재료: '1 왈라비, 다진 송아지 고기 No.396, 우유, 버터')가 있는 걸 어렸을 때는 어째서 놓치고 못 봤는지 모르겠다. 유모가 될 사람의 젖을 검사할 때 유의할 점을 쓴 아주 좋은 글도 있다. 섹스에 모든 관심이 쏠리던 사춘기에 내가 어째서 그걸 보지 못했는지 모르겠다.

식품 정보통들은 대체로 일라이자 액턴**을 좋아하는 편

---

* Heston Blumenthal(1966~). 영국의 유명 요리사.
** Eliza Acton(1799~1859). 영국의 요리사이자 시인.

이다. 비턴 여사는 그녀의 레시피를 많이 베껴 썼다. 『영국 인명사전(Dictionary of National Biography)』도 일라이자 액턴을 편애해서 1885년 초판부터 그녀의 이름을 올렸다. 하지만 비턴 여사의 이름은 1993년에야 비로소 변명하듯 간행된 '누락된 인물' 편에 등재되었다. 비턴 여사도 그렇지만 『비턴 여사의 살림 교본』의 명성도 좀 부당한 취급을 받았다. 크리스토퍼 드라이버가 그의 책 『식탁의 영국인(The British at Table)』(1983)에 썼듯이 "비턴 여사의 책은 계속된 개정과 증보를 거쳐 점진적으로 그 가치가 떨어졌는데, 이 때문에 1880년에서 1930년 사이에 영국 고유의 요리가 상대적으로 정체되고 개선되지 못했거나 반대로 그런 사실 때문에 책의 가치가 저하되었을지도 모른다."

내가 비턴 여사의 책에 나오는 요리를 실제로 만들어볼지는 잘 모르겠다. 조개관자를 60분이나 끓이라거나, 식초 4분의 1파인트에 민트를 디저트용 스푼으로 네 스푼 넣고 민트 소스를 만들라니. 그러면 현대인의 입맛에 안 맞아 질겁하지 않겠는가. 그래도 비턴 여사와 그녀의 책은 전형적인 빅토리아 시대의 백미를 보여주는 유물이다.

즉 백과사전적이고, 철저히 체계적이고, 합리적이고, 진보적이고, 인도적이다(육아 부분을 보라). 불도그 영국이라는 이미지와는 달리『비턴 여사의 살림 교본』은 문화적으로는 프랑스의 요리법과 식생활 습관 앞에 적당히 굽실거린다. 그것은 당시로선 지나치게 호사스럽다기보다는 검소하면서도 버젓한 생활을 영위하려는 노력의 일환이었다. 가장 작은 화폐 단위까지 쓰는 정확한 식재료 비용이 요리 시간 옆에 나란히 표시되어 있고, 그것으로 몇 인분이 나오는지도 알려준다.

이는 무엇보다 화폐 가치의 안정성을 생각하게 한다. 안정된 미래를 가정한 것이다. 확신과 기대, 시간표와 비용 산출의 측면에서『비턴 여사의 살림 교본』처럼 여행 안내서를 닮은 것도 없다. 부엌이라는 기차가 제시간에 운행하나 확인하고, 저녁이라는 목적지까지 가는 원활한 환승에 도움을 준다. 다시 말해서 선택지의 목록이 길다. 이것을 보고 우리는 매달 비용이 다른 네 가지 방법으로 8인 식단을 꾸리는 방법을 알 수 있다. 가령 4월 최상급의 저녁 요리(잎을 넣은 맑은 수프, 비둘기와 양 다리, 가리발디 크림과 속을 넣은 올리브)는 2파운드 2실링 6페니가 든다. 가장 비용이 적게 드는 요리(보리 크림수프, 송어 스튜, 저민 쇠고기, 건포도 푸딩과 안초비 롤)는 1파운드 9실링 5페니로 해결된다. 이 '5페니'를 보라. 6페니로 반올림하지도 않았다.* 비용 산출에 얼마나 자신만만했으면 그럴까. 다만 이 비용들은 1915년판에 있는 것들이다. 그 모든 확신과 낙관적 합리주의, 공손한 하인들과 멋진 냅킨은 아랑곳없이, 이 책이 표방하는 세상은 1915년**에는 이미 다 폭격에 날아가고 있었다.

---

* 당시 1실링은 12페니였다.
** 1915년은 제1차 세계대전 중이었다.

# 이의 요정

"사진과 달라." 현학자가 저녁 요리를 식탁에 가져다놓으며 말했다. 치커리를 곁들인 돼지갈비살 두 접시였다. 누가 들어도 자기연민으로 삐걱거리는 어조였다.

"사진과 같으리라 기대하는 건 이의 요정*을 믿는 것과 같아." 현학자가 요리를 해주는 그녀가 대답했다.

맞는 말이다. 다년간의 영웅적 노력 끝에 조금이나마 요리의 지혜를 터득했는데도 왜 그걸 잊고 똑같은 짓을

---

* tooth fairy. 밤에 어린아이의 침대 머리맡에 빠진 이를 놓아두면 이것을 가져가고 그 대신에 동전을 놓아둔다는 상상 속의 존재.

반복하는지 참 한심한 노릇이다. 이 책만 해도 바로 요 몇 페이지 앞에서 화보에 이끌려 요리하지 말라고 하면서 사진술의 기만에 참고가 되는 말까지 죽 늘어놓지 않았는가. 심지어 화보를 찍기 위해 음식을 초자연적으로 맛있어 보이게 하는 일이 직업인 음식 스타일리스트와 장식 전문가들에게 가혹한 말을 했는지도 모른다.

이번에 생각해볼 요리책은 나이절 슬레이터의 『진짜 요리(Real Cooking)』 106~107페이지다. '돼지갈비살과 치커리'는 양쪽으로 펼쳐지는 두 페이지짜리 지면을 차지한다. 그 상단에는 사진이 세 개 있는데, 두 개는 처음 과정을 보여주는 흑백사진이고 나머지 한 개는 완성된 요리를 알리는 흠치르르한 컬러 사진이다. 나는 정말 사진을 보고 이 요리를 만들려고 했던 것은 아니다. 나는 그렇게까지 바보는 아니다. 적어도 그렇게 이른 저녁 시간에는.

이 요리가 내 흥미를 끈 점은 이렇다.

(1) 팬 하나에 다 집어넣고 만드는 요리라는 점.

(2) 다른 사람들도 그렇겠지만 나 역시 일회용 소변 용기의 압착 판지 같은 맛이 나지 않는 돼지고기 요리를 만들려고 오디세우스와 같은 모험에 나섰다는 점.

(3) 치커리를 긴 쪽을 따라 이등분해서 데치지 않고 날 것으로 돼지고기와 함께 집어넣는다는 점.

아직도 많은 레시피들이 치커리의 쓴맛을 없애려면 살짝 데치라고 한다. 이 전통적인 쓴맛 제거 과정을 거치면 이 채소는 반드시 회색의 질퍽한 무엇이 된다. 이것은 불필요할뿐더러 역효과를 낳을 수도 있다. 리처드 올니는 쓴맛 채소를 데치면 더 써진다고 설명한다. 엘리자베스 데이비드는 "꽃상추를 성공적으로 브레이즈*하는 유일한 방법(정통이 아닌 방법)은 물을 쓰지 않고, 즉 데치지 않고 버터를 써서 천천히 익히는 것"이라는 사실을 최초로 지적한 사람이 위대한 에두아르 드 포미안이라고 말한다.

레시피는 뚜껑이 있는 "크고 납작한 팬"에다 식용유와 버터를 바르고, 돼지고기의 한쪽을 갈색이 되게 구운 다음 회향풀 씨를 넣고, 돼지고기를 뒤집은 뒤, 이등분한 두 개의 "속이 꽉 찬" 치커리를 "잘린 면이 아래로" 가게 놓으라고 한다. 잘린 면이 아래로 가게 놓으라는 것은 그 부분을 캐러멜 색으로 잘 태우기 위함이 분명하다. 우리 집

---

* braise. 기름에 볶은 다음 물을 넣고 천천히 익히는 요리 방식.

에 있는 크고 납작한 팬의 직경은 25센티미터다. 이런 종류의 팬이 두 개 더 있는데 이 팬이 가장 크다. 순전한 추측이지만, 나이절 슬레이터의 요리책을 보고 요리하는 보통 사람들이 쓰는 팬의 평균 직경도 아마 25센티미터 정도일 것이다. 자, 두 덩어리의 돼지고기는 이미 팬에 올라가 있다. 슬레이터 씨는 그 특유의 붙임성 있는 말투로 "여러분의 손만큼 큰 돼지고기"라고 하는데, 스트레스를 받을 때는 그런 말이 신경에 거슬린다. 아무튼 거칠게 밀치는 동작으로 돼지고기 두 덩어리 사이에 반쪽짜리 치커리 한 개를 간신히 끼워넣었다. 이때 레시피 상단의 가운데 화보가 내 시선을 끌었다. 슬레이터 씨의 것으로 추정되는, 고깃덩어리만 한 손 두 개가 완벽한 갈색으로 구워진 돼지고기 두 덩어리에 후추를 갈아 넣는 사진이다. 내가 보기에 그의 "크고 납작한 팬"의 가장자리에 치커리를 전부 놓을 자리는 없었다. 이 점에 대해 현학적으로 얘기하자면 속이 꽉 찬 통통한 치커리 반쪽은 길이가 19센티미터에 폭은 가장 넓은 부분이 6.5센티미터, 맨 아래 부분이 4센티미터 정도 된다. 반쪽짜리 네 개를 잘린 면이 아래로 가게 놓으면 약 40제곱센티미터를 차지할 텐데, 그럼 팬이 몇 개나 필요하겠는가.

그러니까 누군가 거짓말을 한 것이다. 나는 제법 요리사의 면모를 풍기는 욕설을 내뱉으며 내게 협박당한 반쪽짜리 치커리 한 개를 배치하고, 두 개는 돼지고기 옆에 모로 놓고, 나머지 한 개(내가 방금 치수를 잰 것)는 냉장고에 집어넣었다. 이제 첫 번째 고비를 넘겼다. 그다음에는 화이트 와인을 한 잔 넣고, 불을 줄이고, 15분 동안 뭉근히 끓인다. 이 순간 쩍 하고 금 가듯 피해망상이 다시 자리 잡는다. 15분이라고? 포미안은 치커리를 40분이나 브레이즈하고, 리처드 올니는 1시간이나 그보다 더 오래 익히는데, 15분? 그래도 레시피의 지시를 따랐다. 15분 뒤, 돼지고기는 다 익었다. 그래서 고기와 치커리를 들어낸 다음 불을 세게 올려 팬에 작은 버터 덩이를 넣고, 부지런히 저으면서 "바닥에 들러붙은 끈끈한 찌꺼기를 긁어 녹은 버터에 섞고"는 "버터가 섞인 황금색의 씁쓰레한 즙"을 돼지고기에 붓는다.

잠깐, 그게 아니고, 실은 그러지 못했다. 우선 치커리가 아직 식칼에 잘 굴복하지 않았기 때문이다. 두 번째 이유는 "끈적끈적한 찌꺼기" 따위는 일절 없었다는 점이다. 세 번째 이유는 내 눈길을 끈 마지막 화보에서는 짙은 갈색 농축액이 돼지고기에 흘러내리고 있었다는 사실이다.

"또 거짓이잖아!" 나는 소리를 질렀다. (현학자의 부엌에서 흔히 들을 수 있는 외침이다. 현학자가 요리를 해주는 그녀는 그것을 단순한 청각적 구두점으로 간주한다.)

한번 생각해보자. 먼저 식용유 두 테이블스푼과 버터를 넣고 와인 한 잔을 넣었다. 여기에 돼지고기에서 나온 기름과 치커리에서 나온 즙이 섞인다. 이걸 낮은 불에 15분 동안 뚜껑을 닫고 뭉근히 끓이면 어떻게 될까? 그러면 엷은 송아지고기 육수처럼 보이는 것이 두 컵 반 정도 나온다. 레시피는 이걸 졸이라는 말이 없다. 그런데 세 번째 사진을 법의학적으로 조사해보면, 완전히 졸아든 거무스름한 즙의 흔적이 보인다.

그래서 나는 돼지고기를 들어내고 치커리는 그대로 팬에 둔 채 전체를 팍팍 끓였다. 결국 이 "30분 저녁 요리"라는 게 40분 걸렸다. 간간이 나무주걱으로 찌꺼기 없는 말끔한 바닥을 박박 긁으면서 "끈적끈적한 찌꺼기, 끈적끈적한 찌꺼기"라고 으르렁거리는 내 모습을 보면 혹자는 지혜롭지만 신랄한 풍자적 언사로, 혹자는 완전히 미

친 사람의 행동으로 여길지 모른다. 마침내 요리는 식탁에 조달되었고 나는 다음과 같은 사항들을 알게 되었다.

(1) 대부분의 돼지고기는 여전히 압착기로 짓이긴 판지 맛이다(슬레이터 씨의 잘못 아님).

(2) 이 레시피대로 졸여 만든 즙은 아주 맛있다. 그리고 회향풀 씨는 실제로 쓸모가 있다.

(3) 이 요리는 팬이 두 개 필요한 듯하다. 자리 문제도 그렇고, 치커리는 돼지고기보다 더 오래 익혀야 하기 때문이다. (그러나 현학자는 자신의 주장에 전적인 확신이 없다. 모두 한데 놓고 요리했기 때문에 즙의 맛이 그렇게 좋았던 건지도 모르니까. 따라서 어쩌면 치커리만 따로 30분 정도 요리하고, 거기서 나온 즙을 돼지고기를 굽기 시작할 때 넣으면 될지도 모른다. 그럼 팬을 한 개 반 쓰는 저녁 요리가 되겠다.)

(4) 모든 요리책 화보는 그릇된 기대감만 심어준다. 의도가 정직한 책들도 그렇다. 왜 그런지 그 역설의 내용은 이렇다. 『진짜 요리』의 서문을 보니 나이절 슬레이터는 책의 화보가 모두 실물임을 밝힌다. "일반적인 요리 사진과 달리, 설정 사진이거나 억지로 꾸민 게 아니라 철저히 있는 그대로의 사진이다." 그는 그냥 계속 요리하고, 사진사

는 그냥 계속 셔터만 눌러댔다는 얘기다. 곰곰 생각해보면 그건 설정 사진만도 못하다. 훨씬 더 못하다. 조작하지 않았다는 그 사진들이 보여주는 음식들은 평균치 호갱들이 따라 한 결과물에 비하면 화려함으로 곪아터질 정도이기 때문이다.

(5) 한 요리책 안에 화보가 있는 레시피와 그렇지 않은 레시피가 있으면, 미리 요리할 메뉴를 정하지 않은 사람은 반드시 화보가 있는 걸 택한다는 점은 통계적 진리인 듯하다. 사람들은 화보가 있으면 더 중요한 것이리라 생각하나 보다. 어쩌면 자기가 만들 요리가 어떻게 나올지 눈으로 미리 확인하고 싶어서인지도 모른다. 어쨌거나 이는 어리석은 생각이다. 마음속에 미리 그려둔 상이 없으면 현실과의 괴리감도 그만큼 없기 마련이다.

(6) 라인 드로잉 삽화를 기억하는 독자가 있을지 모르겠다. 엘리자베스 데이비드의 책에서 볼 수 있을 것 같은 연상 작용을 불러일으키기는 하지만 징벌적이지는 않은, 그런 삽화 말이다.

(7) 슬레이터 씨는 분명 친절한 사람 축에 속하지만 나는 요리책 시장에 결여되어 있는 것을 발견했다. 요리책

을 읽다 보면 우리에게 신나는 도전을 하게 하는 것도, 자신감을 주는 것도 있다. 앞엣것은 '남다른 솜씨와 시간과 돈이 드는 레시피', 뒤엣것은 '바보라도 뚝딱 만들 수 있는 레시피' 부문에 속할 것이다. 그 중간쯤에 결여된 한 부문을 만들어 잠정적으로 '보기보다 좀 어려운 좋은 레시피'라는 이름을 붙이는 것은 어떨까? 아니, 좀 더 간명하고 효과적인 '진짜 레시피'는 어떤가. 그럼 인기가 있지 않을까?

# 좋은 것

중국에서는 식사할 때 음식을 많이 흘리면 음식 칭찬으로 받아들인다. 과녁을 벗어난 밥알이든, 간장 흘린 자국이든, 새 둥지 수프에서 떨어진 잔가지든 무엇이든. 어쨌든 이것은 언젠가 한 공손한 중국인 가이드한테 들은 얘기다. 어쩌면 젓가락 사용이 서투른 우리 코쟁이들이 너무 무안해하지 않도록 그냥 한 말인지도 모른다.

이와 똑같은 원칙이—다른 이중적 의미는 전혀 없이—요리책에도 적용된다. 요리책의 책장들에 가스레인지의 냄비에서 튀거나 껍질을 벗기다 흘린 즙과 음식 때문에 형성된 로르샤흐(Rorschach) 테스트*의 좌우 대칭 무늬 같은 얼룩, 별 모양의 기름 자국, 비트 즙이 묻어 찍힌 지문 등 가지각색의 잡다한 자국들이 많다는 건 그만큼 그 책에는 명예다. 이걸로 보면―통상의 합리적 추론에 따라―내가 애용하는 요리책은 제인 그리그슨의『채소 요리 (Vegetable Book)』다. 물론 그녀의『과일 요리(Fruit Book)』에도 선명한 블랙커런트 자국이 좀 묻어 있고『생선 요리 (Fish Cookery)』에는 레몬 즙 얼룩뿐 아니라 생선 잔가시가 발견되기도 하지만『채소 요리』에는 오랜 세월에 걸친 엄청난 살육의 흔적이 스며들어 있다. 책에는 다른 것이 추가되어 있어서 그 인기를 나타내준다. 그것은 바로 신문 기사 스크랩이다. 책 몸통이 책등보다 더 불룩할 정도로 많다. 신문 기사들은 양배추나 비트, 파스닙** 하면 자동적으로 그 책에 손이 간다는 이유 하나 때문에 모여 있다. 그러니까 다른 요리사의 것이라도 같은 부문의 레시피라면 그 책이 당연한 저장소가 되는 것이다.

---

* 좌우 대칭의 불규칙한 잉크 무늬가 어떤 모양으로 보이는가에 따라 그 사람의 성격, 정신 상태, 무의식적 욕망 등을 판단하는 인격 진단 검사법. 로르샤흐가 고안한 일종의 투사법으로 성격 심리학, 문화 인류학 등의 분야에서 응용한다.
** parsnip. 유럽과 시베리아가 원산지인 미나리과 식물로 달콤한 뿌리를 먹는다.

요리책이 한낱 표절 모음집이 아닌 이상 필연적으로 저자의 개성이 드러나기 마련이다. 이것은 어떤 때는 실수가 된다. 그 개성은 권위적인 것, 우월감에 젖은 것, 나약한 것, 따분한 것일 수 있기 때문이다. 식재료에 전문적 지식이 있는 저자라도 자기가 쓴 책을 사서 그대로 따라 해보는 사람들의 머릿속에서 어떤 일이 벌어지는지는 전혀 모를 수 있다. 앤서니 레인은 무서울 정도로 능률적인 마사 스튜어트의 책을 리뷰하면서 식사 초대에 대한 그녀의 전형적인 충고를 이렇게 인용한다. "각별한 노력을 기울여야 하는 가장 중요한 때는 파티가 시작될 때, 손님들이 머뭇머뭇 불안해하고 어색해하는 순간이다." 이에 레인은 이렇게 응수한다. "손님들이 불안해한다고? 젠장, 그럼 요리를 하는 집주인은 어떻고?"

그리그슨에게 그런 개성 숭배는 없다. 오히려 그녀의 존재는 스튜 속에서 마음을 따뜻하게 해주는 친숙한 허브처럼 글 속에 스며들어 있다. 우리는 그녀의 책에서 줄곧 그것을 의식한다. 그게 없다면 그런 스튜가 있을 수 없다. 그렇다고 그게 계속 이빨 사이에 끼어서 이쑤시개로 빼야하는 일은 없다. 그녀가 글을 쓰는 태도는 우리의 요리 솜씨를 신뢰하는 박식한 친구가 취할 법한 것이다. 그녀는 적절한 곳에서 역사나 일화를 소개하거나 개인적인 이야기를 한다. 예를 들어 껍질을 벗긴 오이는 바람의 근원이라고 한 자기 할머니의 이야기를 들려준다. 그렇지만 그녀는 대개 스스로를 화제에 종속시킨다. 학자적이되 건조하지 않고, 관대하되 굴종적이지 않다.

요리책 저자들 중에는 책을 출간하기 전 몇 달 안에 모든 레시피를 처음부터 생으로 만들어낸 것인 양 소개하는 이들이 있다. 그러나 그리그슨은 원전을 밝힌다. 다른 사람들의 레시피를 인용하고 출처를 밝혀 칭찬한다. 어떤 요리책 저자들은 자기들 것이 최신식이라고 우쭐해하며, 지식의 양과 재료의 가짓수가 적었던 옛적보다 낫다는 우월감을 풍긴다. 그리그슨은 현재를 기술과 지성의 부단한 상승 곡선의 정점이 아닌, 예로부터 연속되는 과정의 한 순간으로 여긴다. 사실 우리는 요리하는 사람으로서 이전 세대에 비해 안식이 높지도 않고 그만큼 좋은 결과를 내놓지도 못한다. 우리는 기계로 인하여 게을러졌다. 가속이 붙은 생활로 조급해졌다. 항공 수송 시스템과 급속 냉동 보존으로 계절 감각이 둔해졌다. 한편 외국산 농산물을 쉽게 살 수 있어서 국산은 푸대접을 받는다. 그리그슨은 갯배추(seakale)를 구체적인 예로 든다. "우리는 왜 갯배추(토머스 제퍼슨이 재배하고, 카렘*이 셀러리와 아스파라거스에 비긴 채소)를 잊고 카볼로 네로**를 추구하는가?"라는 것이다.

그리그슨은 학식이 상당하지만 과시적이지 않다. 그녀는 양배추를 가리켜 이렇게 말한다. "양배추는 재배하기 쉽고, 연중 거의 언제나 푸른 잎을 얻을 수 있는 유용한 원천이다. 그러나 채소로서 원죄가 있으므로 개선이 필요하다. 집 안에서 화분에 키우면 안 좋은 냄새가 나는데, 그 냄새는 좀처럼 가시지 않는다. 게다가 습기를 머금어 흐물흐물한 잎을 보면 식욕을 망칠 수도 있다. 양배추가 몸에 좋다는 데 대한 추잡한 역사 기록도 있다. 못 믿겠다면 플리니우스의 역사서를 읽어보라." 우리는 물론 그리그슨의 말을 믿지만 그 표현 방식 덕에 플리니우스의 책을 찾아보는 것도 재미있을 것 같다는 생각이 든다. 그녀가 양

---

* Marie-Antoine Carême(1784~1833). 최초로 국제적 명성을 얻은 프랑스의 스타 요리사.
** cavolo nero. 이탈리아의 토스카나 지방에서 생산되는 암녹색 양배추의 일종.

배추를 소개하는 글을 읽다 보면 데카르트 이야기도 나온다. 고상한 사고는 금욕적인 생활에 걸맞다는 당시의 통념과 생각을 같이하는 어떤 "활달한 후작 부인"이 어느 날 우연히 데카르트가 은둔자로서 생명을 부지할 수 있을 분량 이상으로 배불리 먹는 것을 보았다. 그녀가 놀라움을 표하자 데카르트는 이렇게 응했다. "하느님이 세상의 좋은 것들을 바보들만을 위해 만들었겠습니까?" 그리그슨이 『좋은 것(Good Things)』이라는 제목을 취한 걸 보면 그 일화가 무언가 상징하는 바가 있다고 본 것이 분명하다.

과거는 살아 있다고 안심시키는 그녀의 말에 고무되어 나는 그전에는 상상조차 안 했을 요리들을 만들어보았다. 툴루즈 로트레크의 호박 그라탱은 그중 하나인데, 잘되지는 않았지만 적어도 로트레크의 뛰어난 색감을 증명해주기는 했다. 한편 에세이스트인 몽테뉴가 1580년 스위스를 거쳐 이탈리아로 가는 길에 발견한 서양배를 넣은 감자 요리(햄과 먹으면 맛있다)는 식습관은 변해도 미각의 구조는 변하지 않는다는 사실을 확인하기에 적합한 음식이다.

제인 그리그슨의 남편은 제프리 그리그슨이다. 그는 수

십 년간 영국에서 가장 신랄하고 오만한 문학평론가였다. 그들의 기질은 동요 속의 잭 스프랫과 스프랫 부인* 같았다. 제인 그리그슨이 과장이 심한 요리사라는 건 아니다. 그녀의 견해는 언제나 아주 명쾌했으며, 따분한 적이 전혀 없었다. 그녀는 호불호가 분명하고 무엇이 좋은 결과를 가져오는지 잘 아는 여자였다. 그녀에 따르면 야생 양배추는 "정말 아주 고약하다." 영국 순무는 대부분 "가축, 학생, 죄수, 하숙인의 월동용으로나 적합하다." 그녀는 스웨덴산 순무에 대해서도 아주 확고한 생각을 가지고 있다.

그러나 그녀의 자연스러운 상냥함은 더러 공상적 이상주의에 가깝다. 어디에 살든 채소를 키우는 생활로 돌아가는 일에 열성적인 영국 국민을 상상하는 것이다. "이제 전체적인 그림을 확장해서 거기에 베란다를 작은 밭으로 삼은 고층빌딩을 포함시킬 수 있을 것이다. 화분에는 마르망드 토마토와 플럼 토마토, 난간에 걸어놓는 긴 화분에는 허브를, 문 가장자리를 따라서는 덩굴을 타고 긴 호

---

* 〈Jack and Mrs Sprat〉. 작자 미상의 영국 동요로 내용은 이렇다. "잭 스프랫은 비계를 못 먹고 / 그의 아내는 살코기를 못 먹었대요 / 그래서 둘이는 함께 / 접시를 싹싹 깨끗이 비웠대요."

박이나 스쿼시가 자라는 베란다 말이다. 집 안에는 창턱마다 긴 화분을 놓아 가지, 피망, 고추, 바질을 키운다. 청소 도구를 넣어두거나 세탁물을 넣어두는 어두운 벽장 속에는 버섯을 키우는 양동이, 연화 재배하는 치커리, 씨를 싹 틔우는 단지, 겨자와 물냉이를 키우는 큰 접시를 둘 수 있다."

한 가지 언급해둬야 할 것은 그녀가 그런 말을 한 뒤로 25년이 지난 지금, 도심의 주택 단지가 안고 있는 주된 문제점은 바람에 실려 오는 타임이나 바질의 불쾌한 냄새, 보도에 침범해서 할머니들을 넘어지게 만드는 호박 덩굴이 아니다. 어쩌면 요리책 저자들에게는 선천적으로 낙천주의적 성향이 있는지도 모른다. (고질적 불평쟁이가 요리책을 쓴다고 상상하면 이럴 것 같다. "이 요리는 잘되지 않을 것이다. 아마 맛이 형편없을 것이다. 그렇지만 굳이 하고 싶다면 말리지 않겠다.")

제인 그리그슨은 그녀 자신이 "좋은 것"이었을 뿐 아니라 모범적인 여성이었다. 그녀의 『채소 요리』는 로버트 루이 스티븐슨의 말을 인용하며 시작한다. "개인적인 차원에서 모든 책은 저자가 친구들에게 보내는 회람과 같다."

그렇다. 하지만 최고의 책은 저자를 알지도 못하는 독자들까지 저자의 친구라고 믿게 만드는 책이다.

# 찌르퉁한 서비스

온갖 레시피를 모아놓은 마르첼라 하잔의 『주요 전통
이탈리아 요리(The Essentials of Classic Italian Cooking)』에
보면 저민 블루피시* 구이에 감자, 마늘, 올리브유를 곁들
인 제노바식 레시피가 있다. 나는 생선가게에 갈 때면 늘
어딘가 불안해진다. 그래도 이 요리를 한번 해보겠다고
장을 보러 나섰다. 그들은 싱싱한 생선을 팔고 내 돈을 받
기도 하지만, 나는 몸에 문신이 있는 두 사람의 개그에 희

---

* bluefish. 대서양 연안에서 잡히는 전갱이류 생선. 일반적으로 푸른 빛깔의 물고
기를 뜻한다.

생되는 것을 감수해야 한다.

"블루피시 있어요?" 내가 묻는다.

"블루피시라." 생선 장수는 그게 무슨 코미디에서 상대방의 말을 받아 하는 대사인 양 말한다. "화이트피시도 있고, 핑크피시도 있고, 옐로피시도 있고……" 그러면서 다른 색이 더 있나 하고 진열대를 훑어본다. 그걸 보는 나는 마음이 무거워진다.

요리는 장보기에서 시작한다. 앞으로도 내가 요리 강좌를 들을 것 같지는 않지만, 장보기 강좌가 있다면 선뜻 신청할지 모른다. 전임 강사로는 영양사, 요리책 저자, 게임 이론가, 심리학자 등과 같은 전문가들이 포함되어야 할 것이다. 전쟁 중의 식량배급제가 끝난 직후 어머니를 따라 장을 보러 가서 일상생활에서 피할 수 없는 그 장보기라는 과정의 부담스러운 특성을 처음으로 의식하게 된 경험을 나는 아직도 잊지 못한다. 어머니는 돈주머니를 쥐었기 때문에 사회적으로 우위였으며, 그(이것도 문제 중 하나로, 그때는 언제나 그랬으며, 오늘날에도 대개는 여전히 '그녀'가 아닌 '그'다)는 공급을 쥐고 있었다. 어머니는 원하는 게 분명했고, 그는 자기의 물건을 잘 알고 있었다. 어머니는 얼마 이상은 쓰지 않을 수 있고, 그는 어머니가 필요로 하는 것을 가지고 있어도 주지 않을 수 있다. 그 모든 교환은 간혹 약간의 계급투쟁이 가미된 무의미한 지배권 다툼처럼 느껴졌다(지금도 그렇게 느껴질 때가 있다). 그 관계는 잘하면 어느 정도의 공모 관계까지 발전할 수 있었지만 좀처럼 인위적 평등 관계를 벗어나지는 못했다.

그렇기 때문에 "정육점 주인에게 무엇무엇을 해달라고 지시하라"든가 "생선가게에 미리 전화해서 무엇무엇을 해달라고 하라"는 말로 시작하는 레시피를 접했을 때, 그 요리를 할 의욕이 생기는 일은 좀처럼 없다. 지금은 정육점이며 생선가게며 청과전이며 좋은 가게들을 좀 알고 있다(어느 한 군데도 내가 애용하는 곳이라고는 할 수 없지만). 그래도 공연히 찌르퉁한 푸주한을 상대하는 때가 있다. 내가 주저하며 필요한 게 무엇인지 제안하듯 말하면 그는 후닥닥 아무거나 집어들고 입술을 비죽거리며 "이거면 돼요?"라면서 확인해보라는 듯 10억 분의 1초 동안 휙 보여주고는 저울에 올려놓았다가 내 눈이 저울 숫자에 초점을 맞추기 무섭게 고기를 휙 걷어내면서(추측해서 그러는 게 아닌가 싶게) 가격을 부른다.

그래도 그곳에서 사 오는 고기는 품질이 아주 좋다. 늘 공연히 찌르퉁한 그가 딱 한 번 그 태도를 누그러뜨린 것은 광우병 사태가 터졌을 때였다. 찌르퉁한 천성이 일시적 아부로 포장된 모습은 비위가 약한 사람으로선 차마 눈 뜨고 못 봐줄 무엇이었다. 슈퍼마켓의 달갑지 않은 성공에는 여러 요인이 있지만 자칫 어색해질 수 있는 사회적 교환을 없앤 조치는 결코 사소한 것이 아니다. 슈퍼마켓 정육부에서 일하는 사람들을 관찰해보면, 차림새는 푸주한 같을지 몰라도 푸주한다운 면모는 없다. 그들은 기업체 직원으로서 공손하고 위협적이지 않은 태도를 유지하며, 고기는 죽은 동물에서 나온다는 사실을 완곡하게 말하도록 훈련되어 있다.

물론 해결책은 소비자가 더 많이 앎으로써 자신감을 갖는 것이다. 요리책들은 대개 요리에 필요한 기구와 과정을 설명하면서 시작하는 한편, 장보기에 필요한 상식은 독자가 당연히 알고 있을 것으로 가정한다. 대부분의 사람들은 물려받은 볼품없는 헌옷 같은 지식으로 무장하고 장을 보러 간다. 생선: 눈을 보고 신선도를 가늠하라. 굴: 'R'자가 들어가는 달에만 먹는다. 파인애플: 잘 익었는지 보려면 잎을 잡아당겨―안쪽 잎인지 바깥쪽 잎인지 늘 헷갈린다―쉽게 떨어지는지 확인한다(청과전에서 그러면 어떻게 되는지 해보라). 고기: 요리에 적합하게 잘 걸어둔(well hung) 것인지 묻는다(아니, 자칫 '물건이 크다'는 말로 오해될 수 있으니 다른 표현을 써야 할 것이다). 더 큰 무지를 드러내는 얕은 지식은 상인이 노리는 거래상의 우위를 내어주게 한다. 문제는 더 있다. 이것도 필연적으로 따라붙는 문제인데, 독단적인 요리책 저자가 요구하는 재료 목록을 가지고 장을 보러 가면 그중 무언가는 구할 수 없는 경우가 있다. 낭패에 따르는 당황과 걱정은 여기서 시작된다. 그러므로 이와 관련해서 요리책이 도움을 준다면 그게 무엇이든 감지덕지한다. 이를테면 대체 재료를 제시해주는 책이 그렇다("이 요리는 화이트피시, 핑크피시, 옐로피시…… 중 어떤 것을 써도 좋습니다……"라는 책). 제일 마음 든든한 저자는 마르첼라 하잔이다. 이 사실은 내가 처음으로 그녀의 요리책을 보고 요리했을 때 나 자신에게도 뜻밖이었다. 유럽의 모든 주요 요리 양식 가운데서도 이탈리아 요리는 가장 신선한 재료를 단순하면서도 대개는 신속히 다루는 데 그 성패가 달려 있어서 달리 어떻게 옴

짝달싹할 여지가 없다고 생각했기 때문이다. 그런데 하잔은 그럴듯한 대체 재료를 열거하지 않는가. 토마토는 대부분의 생 토마토보다 맛있다며 토마토 통조림을 사용하라고 권한다. 포르치니 버섯도 신선한 것보다는 건조된 것을 선호하는 경우가 흔하다. 그리고 어떤 요리는 어느 단계까지 미리 요리해놓을 수 있는지를 언급함으로써 우리의 고생을 덜어준다. 심지어는 게으르고 편리한 것을 너무 좋아하는 우리의 필요에 응하여 '거듭거듭' 이탈리아 요리의 원칙에 전자레인지의 사용을 끼워 맞추려는 시도를 해왔다. 그러나 다행히도 그 부분에서 그녀의 모든 시도는 철저히 실패했다.

하지만 하잔 덕분에 내가 가장 자유로워진 부분은 파스타였다. 우리 집에 전동 파스타 기계가 있었는데, 어처구니없게도 나는 그것을 무척 자랑스러워했다. 들썩들썩 세게 휘돌며 덜거덕거리다가 내가 임의로 선택한 굵기의 노즐로 파스타를 밀어내던 그 기계. 나는 밀려나온 파스타를 현학적으로 즉시 키친타월에 펼쳐놓고 서로 들러붙지 않도록 해야 했다. 기계는 사용 후 몇 초 안에 분리해서 깨끗이 씻어두어야 했다. 그러지 않으면 찌꺼기가 콘크리트처럼 단단히 굳어버리기 때문이다. 그렇기는 해도 즉석에서 파스타를 뽑아 곧바로 소금 친 끓는 물에 옮겨 넣는 과정은 내게 과도하다 할 만한 만족감을 주었다. 그리고 나는 거기에 한 스푼 분량의 올리브유를 넣는 것을 언제나 잊지 않았다. 그러면 파스타가 서로 들러붙지 않게 하는 데 도움이 된다는 걸 어디선가 읽었기 때문이다. 집에서 파스타 면을 만든다? 그렇다. 물론 신경이 많이 쓰이는 일이지만 사다 먹는 것보다 항상 더 낫다.

내가 마르첼라 하잔의 요리책을 읽은 건 그 후의 일이다. 거기에 이런 내용이 있다. "파스타 면을 집에서 직접 만들 때 외에는 물에 올리브유를 넣지 마십시오."(겉면이 떨어져 나가는 걸 방지하기 위해서다.) 그런 다음 자극적인 순간이 온다. "'신선한' 생 파스타가 공장에서 생산된 건조 파스타보다 더 좋다는 의견이 요즘 유행인데, 이 의견을 뒷받침해주는 타당한 증거는 없다. 앞엣것이 뒤엣것보다 더 좋은 건 아니고 그저 서로 다를 뿐이다…… 그 둘은 호환될 수 없지만 순전히 품질만 놓고 보면 전적으로 동등하다."(그런데 난 어떻게 했을까?) 나는 오랜 세월 건조 파스타로 했으면 좋았을 종류의 요리를 만들며 스스로 자랑스러워했던 것이다.

파스타 기계는 퇴짜 맞은 주방 기구를 보관하는 장 속으로 들어갔고, 마르첼라 하잔은 나의 축복을 받았다. 그녀의 레시피는 자유를 최대한 허용할 뿐 아니라, 내 경험으로는 내가 아는 그 어떤 것보다 더 높은 성공률을 보이고 맛은 진짜에 더 가깝다. 그녀는 충분한 자신감을 준다. 어느 날 아침 그 문신 있는 생선가게 주인에게 전화해서 "잘 들으시오. 블루피시를 주문하려는데, 나랑 말씨름할 생각은 하지 마시오!"라고 으르렁거리듯 말할 수 있을 것 같은 자신감이다.

## 한 번으로 족하다

어느 날 유기농 쇠고기 농장에 전화해서 사슴고기를 주문했다. 그곳은 처음이라 다른 건 뭘 파는지 물어보았다. 전화를 받은 여직원이 목록을 죽 불러주었는데, 맨 마지막은 '다람쥐'였다. 약간 흥미가 동했다. 어느 해인가 그 골치 아픈 조그만 녀석들이 우리 집 정원의 동백나무 꽃봉오리들을 모조리 먹어치운 뒤로 녀석들에게 복수할 실용적인 방법을 모색해오던 참이었다. 해로운 동물의 고기 품목은 가격이 상당히 저렴해 보였다(그래야 마땅하긴 하다). 여직원은 그것을 한참 동안 쪄서 요리하는 게 좋다고 충고했다. 그리고 그 짐승을 잘라주기를 원하느냐고 물었다.

"잘라 가면 뭐가 좋죠?" 내가 물었다.

"음, 자르지 않으면 아무래도 다분히 다람쥐처럼 보이겠죠." 그녀가 대답했다.

나는 잘라달라고 했다.

이틀 뒤, 스티로폼 상자가 배달되었다. 나는 복슬복슬한 꼬리가 달린 미물을 찾아서 사슴고기 밑을 헤적였다. 거기서 한 비닐봉지를 꺼내 열어보니, 아니 이런, 내가 잘라달라고 했는데, 이 사람들이 그걸 잊다니. 그렇다…… 털만 제거되었을 뿐 그냥 벌거벗은 죽은 다람쥐였다. 나는 그것을 대면해 세게 나가보았다("넌 그래봤자 쥐야, 홍보가 좀 잘됐을 뿐이지"와 같은 말로). 그래도 선뜻 요리할 수 있을 것 같지 않은 건 마찬가지였다. 나는 결국 그것을 산사람 기질이 있는 어느 가난한 학생에게 주었다. 그리고 다시는 다람쥐 고기를 사지 않았다.

어떤 것들은 도저히 먹거나 요리할 엄두가 나지 않는다. 한 번은 시도하더라도 다시는 해볼 엄두가 나지 않는 것도 있다. 내 여자 친구 하나는 잡식성인데, 못 먹는 게 딱 두 가지 있다. 익힌 굴과 성게. 성게가 뭐가 어때서 그러느냐고 하니까 그녀는 "따뜻한 콧물 맛이라서"라고 했다. 이 표현은 오랫동안 내게 성게 예방주사와 같은 역할을 했다. 그러다 결국 나는 파리의 한 레스토랑에서 다른 사람이 사주는 성게 수플레(터무니없이 비싸다)를 먹고 말았다. 그 맛이란…… 그럴 수가…… 그것은 과연…… 그냥 적절한 표현을 찾을 수 없다.

언젠가 소호의 중국인 생선가게에서 뱀장어 한 마리를 산 일이 있다. 그걸 들고 노던라인 지하철을 타고 집에 가는 길에 불현듯 껍질 벗길 일이 생각났다. 그 과정은 이렇다. 문틀이든 뭐든 나무로 된 튼튼한 곳을 찾아 뱀장어를 못으로 고정시킨다. 그런 다음 목 양쪽에 칼집을 내고, 양손에 펜치를 하나씩 들고 칼집 낸 부위의 껍질을 좌우로 잡은 다음, 뱀장어가 못 박혀 있는 문에 한쪽 발을 대고 버티면서 껍질을 천천히 잡아당긴다. 껍질은 단단하고 신축성이 있다. 나중에 나는 그걸 해봤다는 사실이 기뻤다. 이제는 어딘가에 홀로 떨어져서 뱀장어와 펜치 두 개와 문틀만 가지고 생존해야 한다면 무엇을 어떻게 해야 할지 알게 된 것이다. 그러나 딱 거기까지일 뿐 나는 내 생활이 그런 활동을 중심으로 돌아가는 걸 바라지 않는다. 훈제를 하든 스튜를 만들든 바비큐를 하든, 어떻게 요리하든 뱀장어 요리는 대개 내 입맛에 맞지만 이제 껍질을 벗기는 일은 다른 사람에게 시킬 생각이다.

나는 뱀과 악어, 물소 고기를 한 번씩 다 먹어보았다. 그뿐 아니라 중국인들이 땅에 묻었다가(다람쥐처럼) 그다음 철에 꺼내 먹는다는 송화단*도 먹어보았는데 삶은 달걀을 오랫동안 땅에 묻어두었다가 먹으면 그런 맛이 날 것 같았다. 오스트레일리아에서는 가즈오 이시구로와 함께 참석한 문학 관련 만찬에서 캥거루 요리를 먹어보았다. 그는 이런 말을 하며 그걸 시켰다. "나는 언제나 그 나라의 상징을 먹는 걸 좋아하지." (그러자 내 옆에 있던 한 시인이 불만스럽게 말했다. "그럼 영국에선 사자라도 먹는다는 건가?")** 이제 산책의 계절이 시작되었으니 떼까마귀 요리를 먹을 생각이다. 칠턴 구릉지의 한 주점에서는 특별 주문을 하면 떼까마귀 요리를 해준다. 빅맥도 딱 한 번 먹어보았지만, 이 글의 품격을 떨어뜨리는 이야기는 삼가기로 한다.

---

* 오리알을 석회 점토, 소금, 재 및 속겨를 섞은 진흙에 밀봉하여 만든다.
** 영국 왕실 문장에는 사자와 유니콘이, 오스트레일리아의 국장에는 캥거루와 타조가 있다.

악어 요리를 훈제 청어만큼이나 일상적인 것으로 여기는 여행작가인 내 친구 레드먼드 오핸런은 앞서 언급한 어떤 것에도 눈 하나 깜짝 안 한다. 그의 소화기관은 오랜 세월에 걸쳐 카이만, 카피바라, 쥐, 아구티, 아르마딜로, 원숭이, 왕도마뱀, 구더기, 종려나무 바구미 유충 등 다양한 생물체들을 수용해왔다. 그의 10대 아들 게일런도 눈 하나 깜짝 안 한다. 게일런은 요전에 그의 아버지가 사색하듯이 진기한 미식을 열거하자 중간에 끼어들어 이렇게 말했다. "그런데 아버지는 맛을 분간하지 못하시잖아요. 그러니 뭘 드셨든 그건 **중요하지 않아요.**"

일반적으로 어떤 것들은 맛보다는 기회가 없기 때문에 한 번으로 끝이다. (내 기억에 악어 고기는 묘하게 잡다했다. 한 접시에 세 가지 부위의 고기가 나왔는데, 하나는 가축 고기 같았고 하나는 생선 같았고 하나는 둘의 중간쯤이었다.) 오늘날의 어떤 식습관들은 미래에는 수치스럽고, 역겹고, 이해할 수 없는 것이라고 고상한 말로 매도당할 게 틀림없다. 중세 말기와 르네상스 시대 사람들이 왜가리를 먹었고, 더 나아가 매를 훈련시켜 왜가리 사냥에 썼다는 사실을 알게 되었을 때 오늘날 우리가 가지는 느낌과 다소 비숫할 것이다. 영국에서는 왜가리에 생강을 넣어 요리했고, 이탈리아에서는 마늘과 양파를 넣었다. 독일과 네덜란드에서는 왜가리로 파이를 만들어 먹었다. 프랑스에서는 왜가리 요리를 소스와 함께 내놓지 않으면 예의가 아니라고 생각했다. 더 나아가 라 바렌\*은 왜가리 요리를 더 먹음직스럽게 보이도록 하려면 꽃으로 장식하라고 권했다. 이 진기한 이야기들은 앨런 데이비슨의 잡지《프티 프로포 퀼리네르(Petits Propos Culinaires)》에서 파생한 신랄한 선집 『미식의 변방(The Wilder Shores of Gastronomy)』에 나온다.

일상적인 작은 실수 외에 특이한 실수를 저지르지 않았기 때문에 모든 조건이 좀 더 완벽히 맞아떨어졌더라면 그 요리가 어떤 맛이었을지 상상할 수 있는 결과를 보았는데도 두 번 다시 안 만들게 되는 요리도 있다. 외적인 요인으로 인해 그걸 다시 요리할 생각을 못 하게 되는 경우가 그렇다. 초대했던 손님이 그걸 먹고 집에 돌아가는 길에 토했다든가 하는 불상사가 그 원인일 수 있다. 아무튼

---

\* François Pierre de la Varenne(1615~1678). 프랑스의 요리책 저자.

그럴 경우 그로부터 한두 해 뒤에 우연히 떨어뜨린 요리 책에서 바로 그 레시피 페이지가 펼쳐지기라도 하면, 가벼운 정신장애가 엄습한다.

한번은 어느 퇴역 해군 제독을 위해 초콜릿 소스를 친 산토끼 요리를 만들었다. (잘한 선택일까?) 그전에는 다른 사람을 위해 만들어본 적이 없는 메뉴였기 때문에 분명 문제가 될 수 있는 결정이었다. 제독은 호색의 과거가 있는 70대의 노인으로서 얼굴은 험상궂어도 풍채가 좋았다. 그는 식탁에서 주변을 둘러보다 벽에 걸린 그림들에 주목했다.

"우리 아버지도 이…… 예술이란 걸 좀 하셨죠."

나도 아는 바였다. 그도 내가 안다는 걸 알고, 나도 그가 내가 알고 있다는 걸 안다는 걸 알고 있었다. 그의 아버지는 당대에는 어림잡아 가장 유명한 영국 화가였다. 그날 저녁 주방 책임자가 이 현학자이고 따라서 평범할 요리를 먹게 될 게 분명해지자 나는 따가운 눈총을 받는 느낌이 들었다.

레시피는 제인 그리그슨의 『좋은 것』에서 골랐다. 스튜가 다 끓었을 때 냄비에 설탕을 녹여 소스를 만들기 시작한다. 설탕이 녹아 연갈색으로 변하면 포도 식초를 조금 넣는다. 이것이 융합해 진한 시럽이 되는 것이다. 그러면 여기에 초콜릿, 잣, 설탕 절임한 과일 껍질 같은 것들을 추가한다. 그러나 그렇게 되지 않고, 식초를 넣은 설탕 용액이 일제히 포문을 연 뱃전 대포처럼 요란하게 쉬익 증기를 발하고는 즉시 모종의 캐러멜 크런치가 되었다. 허세를 부려 상황을 모면할 길은 없었다. 한쪽에는 산토끼가, 다른 한쪽에는 마지막 남은 재료들이 대기하고 있었다. 이 둘이 원활한 조화를 이루려면 그 소스가 필요한 것이다.

나는 다른 냄비를 꺼내 불안한 마음으로 다시 설탕을 녹였다. 그러는 중, 현학자가 요리를 해주는 그녀에게 연정을 표명하는 제독의 말소리가 들렸다. 나에게도, 아내에게도, 그리고 어조로 미루어 짐작컨대 제독 자신에게도 좀 뜻밖이었다. 그의 목소리는 군을 호령하던 사람답게 우렁차고 엄격했다.

"사람은 사랑에 빠지면 뭘 하죠?" 말투로 보아 그건 수사적인 것이 아니라 답을 구하는 질문이었다. 그 질문은 어째서인지 여태까지 내 머릿속에서 지워지지 않았다.

설탕은 녹는데 내 마음은 굳고 있었음을 고백하지 않을

수 없다. 열심히 요리책에 주의를 기울이는 한편 바깥 식탁에서 들려오는 소리에 잔뜩 귀를 기울였다. 그래서 요리에 정신을 집중할 수 없었다. 다시 한번 융합이 이루어지는 결정적 순간을 맞았지만 처음과 똑같이 격렬한 폭발 현상이 일어났다. 이게 무슨 염병할 은유적 상황이란 말인가! 저기요, 죄송한데요, 제독 각하, 메뉴에 변동 사항이 생겼습니다. 초콜릿을 곁들인 산토끼를 먹기는 할 텐데요, 정식 소스는 없습니다. 소스는 배 밑바닥에 있습니다. 아, 그리고 목구멍에 위험한 뼈가 걸리지 않도록 조심하십시오.

그날 밤 이후로 초콜릿 소스를 친 산토끼 요리는 두 번 다시 만들지 않았다. 하지만 간혹가다 문득 제독 구이는 어떤 맛일까 하는 궁금증이 든다. 아마 다람쥐 맛이리라.

## 그걸 이제야 알려주다니!

'호색한 제독과 폭발하는 냄비 사건'이 발생하고 얼마 후에 나는 플로베르의 식습관을 주제로 제인 그리그슨과 서신을 주고받게 되었다. (플로베르는 미식가라기보다는 대식가였다. 이집트에서 단봉낙타 고기를 먹은 적도 있다. 만다린과 굴은 그가 가장 좋아하는 진미였다.) 나는 이 기회를 놓치지 않고, 설탕을 녹인 뜨거운 냄비에 포도 식초를 넣을 경우에 따르는 위험을 최대한 감정을 드러내지 않는 어조로 언급했다.

"그건 언제나 좀 까다로워요." 그녀는 위로하는 대답

을 하고는 크라카타우 화산의 분화 효과를 최소화하는 방법을 알려주었다. (그녀: 먼저 가스 불을 끄세요. 나: 아, 그렇지! 빤한 걸 가지고, 네, 그 생각을 못 하고……) 그리고 그녀는 그런 불상사를 완전히 피할 길을 알려주었다. "사실 요즘 난 그 두 재료를 한꺼번에 넣어요—현대식 조리법이죠—그런 다음 불에 올려 끓여서 캐러멜로 만들죠."

그걸 이제야 알려주다니! 나는 유감스럽게 생각했다.

그러고 나서 얼마 뒤, 요리사 친구가 매주 한 번 연재하는 칼럼에서 리소토를 만드는 새롭고 손쉬운 방법을 소개했다. 집에서 리소토를 만들어본 사람이라면 다 알겠지만, 마지막 한 20분 동안에는 휘젓는 일과 육수를 넣고 걱정하는 일 외에 다른 일을 한다는 것은 거의 불가능하다. 휘젓고, 육수를 더 넣고, 걱정하는 것이 전부다. 혹 시간이 좀 나도 가스레인지 앞을 벗어나 스트레스를 가라앉힐 음료에 얼음 조각을 넣을 수 있는 정도의 시간밖에 없을 것이다. 이런 상황에 처한 사람에게서 정상적인 사교성을 기대할 수는 없다.

그러나 이제 해결책이 생긴 것이다. 새로운 방식이라

도 준비 과정은 모두 종전과 같았다―양파를 스웨팅*하기, 쌀에 올리브유 또는 버터를 입히기, 와인 또는 베르무트 한 잔 넣기. 새로운 점은 끓는 육수를 한 국자 넣고 걱정하는 일을 반복하는 종전의 방식과 달리 아예 처음부터 육수를 몽땅 다 붓는다는 것이다. 그리고 이것을 끓인 다음 불을 끄고 뚜껑을 덮는다. 바닥을 긁으며 휘젓기를 반복하는 종전의 방식에 걸리던 시간만큼 차가운 곳에 가만 놓아둔다. 이렇게 하면 걱정의 분량이 상당히 줄어든다. 물론 걱정이 완전히 제거되는 건 아니다. 어떻게 되어가는지 궁금하다고 해서 뚜껑을 열면 안 된다는 조항 탓에 보지를 못하니 자신의 요리 솜씨를 의심하는 사람은 부정적인 추측을 하기 마련이다. 그렇기는 해도 그보다 중요한 것은, 그 시간에 샐러드를 만들거나 음료수를 채운 잔을 쟁반 가득 준비하는 등 대체로 정상적인 인간의 흉내를 낼 수 있다는 점이다.

나도 몇 번 그 새롭고 쉬운 방법을 써봤는데, 내 기억에 문제는 없었다. 그런데 어쩌다 종전의 방식으로 되돌아갔

---

* sweat. 고기나 채소에 물 또는 기름을 두르고 열을 가해 즙을 낸다는 뜻.

다. 어쩌면 이 요리를 위해 가스레인지 앞에서 기울이는 수고와 내가 맺은 관계는 떼려야 뗄 수 없는 것인지도 모른다. 그래서 그런 관계 속에서 생기기 마련인 걱정을 그리워한 것인지도. 얼마 후 우리는 그 칼럼 쓰는 요리사 친구로부터 저녁 초대를 받았다. 그는 리소토를 만들고 있었다—뚜껑을 닫지 않고 요리하는 재래식 레시피대로 열심히 휘젓고 있었다(그러면서 동시에 세 가지 다른 메뉴를 준비하고 있었다).

"처음부터 한꺼번에 육수를 다 넣고 뚜껑을 닫아두는 그 방식으로 안 해?"

"어, 그거. 이젠 그렇게 안 해." 아직도 그렇게 하는 사람이 다 있다니 놀랍다는 듯이 말했다.

그걸 이제야 알려주다니! 새로운 방식을 철회한다는 칼럼은 그동안 어디 출장 갔었나? 그냥 생각을 바꾼 거잖아! 그러면 안 되잖아! 그런데 물론 그래도 되는 것이다. 그리고 이건 집에서 요리하는 사람들이 깨달아야 할 좀 더 현실적인 교훈이다. 우리는 은연중에 요리책 저자들이 레시피들을 완벽하게 완성해서 출판하리라고 생각한다. 그것들을 사람들에게 실제로 테스트하고, 양념과 어휘 선택을 조정하는 일련의 과정을 거쳐 최종적인 정확성을 획득한 다음에야 우리에게 주리라고 생각하는 것이다. 우리는 더 나아가 요리책 저자는 요리할 때 당연히 자기가 쓴 레시피를 우리처럼 성경 구절 신봉하듯 그대로 따르리라고 생각한다. 그러나 사실은 그렇지 않다. 같은 강물에 두 번 발을 담글 수 없듯이, 요리사는 같은 레시피를 반복하지 않는다. 요리사, 재료, 레시피, 완성된 요리는 절대로 매번 똑같을 수 없다. 딱히 포스트모더니즘적인 것도 아니고, 또 필요 이상 고압적인 태도로 하이젠베르크의 불확정성 원리를 갖다 대지 않더라도 그게 무슨 말인지 모를 사람은 없으리라.

며칠 전 저녁, 결혼한 지 얼마 안 된 스위스인 친구들을 저녁 식사에 초대했다. 무언가 전형적인, 그들이 알지 못할 영국식 요리를 대접하는 게 적절할 듯했다. 우리는 제인 그리그슨의 연어 페이스트리*와 허브 소스로 메뉴를 정했다. 그녀는 이 소스가 바스 시에 있는 홀인더월(Hole In the Wall) 레스토랑에서 유래되었다고 본다. 두툼한 연

---

* pastry. 이스트를 넣지 않은 반죽(밀가루, 버터, 물). 일반적으로 식후에 먹는 단 것을 가리키는 일반적인 용어로 쓰이기도 한다.

어 필레* 두 개 사이에 버터, 커런트,** 다진 생강을 넣어 샌드위치처럼 만든 것을 페이스트리 반죽으로 싸서 30분 동안 굽는 요리다. 이 현학자는 뼈를 발라내고 껍질 벗기는 일을 담당했다. 그와 그가 요리를 해주는 그녀로 구성된 요리사 커플의 그녀는 연어 필레 사이에 넣을 것과 허브 소스를 맡았다. 다행히 이 레시피는 그리그슨의 『생선 요리』 (1973)에도 있고 『영국 요리』(1974)에도 있어서 각자 한 권씩 나눠 가지고 일함으로써, 부엌을 함께 쓸 때 피할 수 없는, 어깨를 부딪친다거나 하는 일 따위는 일어나지 않았다.

그가 요리를 해주는 그녀는 버터와 생강을 한데 섞고 커런트 한 테이블스푼을 요구했다. 나는 봉투에 든 커런트를 스푼에 쏟을 자세를 취했다.

"책에서 스푼에 찰랑찰랑하게 넣으라고 그래, 아니면 수북이 넣으라고 그래?" 내가 물었다. 딱히 나 자신을 풍자하는 말은 아니었다.

---

* fillet. 뼈를 발라낸 고기나 생선 조각. 닭고기 가슴살을 가리키기도 한다.
** current. 즙이 많고 신맛이 강한, 붉은색 또는 검은색 포도처럼 생긴 과일. 작고 씨가 없는 건포도를 가리키기도 한다.

"그런 말 없어. 그러니까 그 어느 쪽도 아닌 거지."

커런트를 좋아하는 나로서는 애석한 일이다. 나는 순순히 테이블스푼에 커런트를 평평하게 담아 넣고, 내 할 일을 계속했다. 다른 한쪽에서는 소스가 만들어지고 있었다.

"이건 좀 애매하네." 그녀의 말이다. "잘게 썬 파슬리, 처빌,* 타라곤.** 그런데 얼마만큼 넣으란 말이 없으니."

"또 그렇고 그런 망할 레시피로군." 나는 동정을 표하고 현학자의 원칙 15b항의 적용을 촉구했다. 이 조항에 따르면 재료의 분량이 명시되어 있지 않을 경우, 좋아하는 재료는 많이 넣고 그저 그런 건 조금만 넣고 좋아하지 않는 건 아예 넣지 않는다.

연어는 샌드위치 모양으로 맞춰졌고 소스는 부글부글 끓었다. 밀방망이로 페이스트리를 밀기 직전, 나는 그녀에게 물었다. "아몬드는?"

"아몬드라니?"

"잘게 자른 표백 아몬드, 찰랑찰랑하게 한 스푼이라고

---

\* chervil. 파슬리와 비슷하게 생긴 채소로 생선 비린내를 없앤다. 샐러드나 생선 요리, 수프, 각종 소스를 만들 때 쓴다.
\*\* tarragon. 달콤한 향과 매콤 쌉쌀한 맛의 향신료로 프랑스 요리에 자주 쓰인다.

쓰어 있잖아." 나는 『영국 요리』를 읽어주었다.

"그건 금시초문인데." 그녀는 『생선 요리』를 훑어보며 대답했다.

"잠깐." 내가 답을 찾았다. "커런트는 수북이 한 테이블스푼 넣는 거였어. 건포도를 쓸 경우는 예외라고 돼 있네."

각자 보던 요리책을 비교하니 차이가 있었다. 한 책에는 아몬드가 있는데 다른 책에는 없었다. 한 책에는 평평히 한 테이블스푼 분량의 커런트인데 다른 책에는 수북이 한 테이블스푼 분량의 건포도였다. 한 책에서는 생강의 혹이 두 개 들어가는데 다른 책에서는 네 개 들어간다. 버터는 4온스 대 3온스였다. 한 책에는 파슬리·처빌·타라곤의 분량이 명시되지 않았는데 다른 책에는 잘게 썬 파슬리 한 스푼 수북이, 그리고 잘게 썬 처빌과 타라곤을 섞어 한 티스푼(짐작컨대 수북이는 아니다) 넣으라고 되어 있었다.

아무튼 나는 샌드위치 모양으로 구축한 연어 필레를 비집어 벌리고 잘게 썬 아몬드를 넣었다. 또한 현학자적 고집을 부려 커런트를 수북한 분량과 평평하게 담은 분량의 차이만큼 추가했다. 거기에 대충 가벼운 폭언을 쏟아부었다. 이론적으론 다 알아. 레시피란 모두 근사치라는 걸, 창

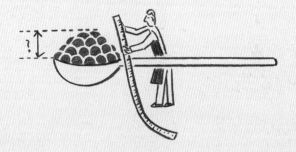

의적인 요리사는 그때그때 구할 수 있는 재료와 품질에 맞춰 요리하리란 걸, 불변하는 것은 없다는 걸(끓는 설탕 용액에 포도 식초를 넣는 경우는 제외), 그 밖에 이런저런 걸 다 안다고. 난 그저 한창 요리하는 중에 이런 현실을 맞닥 뜨리고 싶지 않은 거라고. 아, 그렇지, 한 가지만 더: 건포도를 써도 되는 줄 알았더라면 레이블상의 상품 유통기한이 6개월이나 지난 커런트를 쓰지 않았을 거라고.

누가 이 현학자에게 요점이나 말하라고, 맛은 어땠냐고 묻는다면, 내 입으로 말하긴 좀 쑥스럽지만, 내가 이 요리에서 결정적인 부분을 맡은 것은 아니라서 감히 말하거니와 맛은 정말 아주 좋았다. 그렇다면 결국 아무 문제 없는 거 아닌가? 그건 그렇다. 그런데 왜 법석이냐고? 왜냐하면 요리란 원래 그런 거니까. 그렇지 않은가? 사실상 사전적 정의이기도 하다. 요리한다는 것은 법석 떠는 과정을 거쳐 불확정성을 확정성으로 변형시키는 일이다.

그렇다고 나 자신은 물론 다른 사람들이 제인 그리그슨을 폄하하는 것은 참을 수 없으므로 나는 해명의 말을 궁리하기 시작했다. 그것은 모종의 테스트였다. 아니, 어쩌면 장난이었는지도 모른다. 어쨌든 그것은 세심하고 충실한 독자들에게 하이젠베르크의 불확정성 원리에 대한 작은 교훈을 가르쳐주려는 그리그슨식의 의도적 묘책이었다.

물론 사실은 그런 게 아니었으며, 몇 주 동안 계속된 나의 불평은 누가 지적해준 말에 의해 종식되었다. 그 사람은 내가 『영국 음식』의 레시피 부분을 넘어 그 책을 계속 읽었더라면 다음과 같은 간단한 문구를 보았을 것이라고 했다. "이것은 ……을 약간 개작한 레시피다." 톰 제인은 자신의 의붓아버지 조지 패리스미스가 홀인더월에서 그 요리를 처음으로 내놓았다며, 토머스 도슨의 『현명한 가정주부의 보석』(1585년경)에 최초로 인쇄되어 등장한 레시피를 뽑아 친절하게도 내게 보내주었다. "신선한 연어의 머리와 어깨 부위를 굽는 법: 준비한 생강과 소금을 양념한다. 어느 정도의 커런트를 연어 위아래에 펼쳐놓는다. 반죽을 얇게 만들어 버터를 약간 두른다. 오븐에 넣고 두 시간 동안 구워내어 서빙한다."

이거 원, 그나마 1585년에 요리하지 않은 걸 감사해야할 지경이다. 그리하여 나는 그 애매모호함과 변화의 폭을 투덜거릴 뿐이었다. 소금을 양념하라니? 어느 정도의 커런트는 또 뭐야? 커런트 몇 개가 어느 정도지? 그놈의 가스 불의 세기에 대해서는 눈을 씻고 찾아봐도 아무런 언급이 없다. 다른 부엌의 현학자라면 어떡했을까?

## 단순한 음식

"도와줘요!"라는 말로 그 이메일은 시작되었다. "달걀 노른자 20그램은 얼마큼이죠? 그걸 어떻게 재죠? 무게가 너무 나가면 반으로 줄일까요?"

메일함 속에서 그렇게 울부짖은 요리책 저자가 누구였는가 하면 바로 헤스턴 블루먼솔이었다. 신문에 매주 실리는 그의 레시피를 보면 제목이 '으깬 머랭과 피스타치오에 간장 마요네즈'랄지 뭐 그런 식이다. 독자가 그런 걸 보면 신선한 도전 의식이 생길까, 아니면 스스로 처참히 무능하다는 생각이 들까? 침샘이 벌렁대면서 발끝이 멈칫 멈칫 부엌으로 향할까, 아니면 피자익스프레스의 매력적인 푸른빛 네온사인을 머릿속에 떠올리게 될까?

내 말을 오해하지 않았으면 한다. 나는 블루먼솔 씨를 경외하는 사람이다. 언젠가 브레이(Bray)에 있는 그의 레스토랑 더팻덕(The Fat Duck)에 가서 저녁을 먹은 적이 있다. 나는 아주 조심스러운 선택을 했고 놀랍도록 이국적인 요리를 먹었다. 그는 바르셀로나 북부에 있는, 경이로울 정도로 혁신적인 레스토랑 엘부이(El Bulli) 신봉자다. 런던 근교의 도시 일원에서 엘부이의 신봉자가 된다는 건 용기를 요하는 일이다. 블루먼솔 씨의 레스토랑에서는 병마개를 따주는 서비스료만 내면 손님이 자기가 마실 와인을 가져갈 수 있다. 그 정도의 수준과 가격대의 레스토랑으로선 흔치 않은 방침이다. 그는 모든 중요한 것의 원리에 정통한 최고의 요리과학기술 전문가와 로코코 양식의 요리를 상상해내는 요리사를 한데 합쳐놓은 보기 드문 경우다. 그에게 인간의 뇌를 요리하라고 주면 아마 걸쭉하게 조린 1978년산 코르나 와인에 넣어 살짝 데친 다음, 감초로 사각모자 모양을 만들어 학위를 수여하듯 그 위에 씌울 것 같다. 그래도 그가 솥에 들어가기 전 그 뇌 속에서 일어나던 일을 모두 이해하지는 못하겠지만.

다시 말하지만, 사람들이 내 말을 오해하지 않았으면
한다. 블루먼솔 씨가 제안하는 요리 중에는 내가 정말 해
보고 싶은 것들도 있다. 비록 스테이크를 구울 때 15초마
다 뒤집어주는 게 가장 좋다고 하지만 말이다. 그러면 지
정된 8분 동안 서른두 번 뒤집어야 하고, 네 개를 구우려
면 128번 뒤집어야 한다는 건데, 그러는 동안 감자튀김
이며 삶아 으깬 완두콩은 누구더러 맡아 하라는 것인가,
라는 의문을 품지 않을 수 없다. 따라서 이 레시피는 그
냥 '통과'하기로 한다. 감자튀김의 경우, 그의 레시피를 보
면 "잠시 멈춤" 기법을 쓴다. 이 기법은 일반적으로 감자
를 튀기는 도중에 튀김망을 들어냈다가 기름의 온도가 원
래대로 다시 높아지면 그때 도로 집어넣어 갈색이 될 때
까지, 즉 그럴 때 따르는 당연한 결과(또는 환상적인 극단)
를 얻을 때까지 튀기는 것이다. 그런데 '블루먼솔 레시피'
에서는 부분적으로 익을 만큼 튀긴 감자를 냉장고에 넣어
식힌다. 약 두 시간 뒤 기름을 다시 끓이고 여기에 감자를
넣어 완전히 익도록 튀겨낸다. 나는 이 방식을 두고 한참
생각해보았는데, 도무지 누가 그 방식을 따라 할지 상상

도 못 하겠다.

하지만 서두르지 않는 슬로쿠킹(slow cooking) 방식은 유익하고 칭찬할 만한 일이다. 서두르지 않는다고 했는데, 그는 정말 서두르지 않는 요리를 만든다. 일전에 쇠꼬리를 얼마나 오래 익혀야 하는지 알기 위해 레시피 여남은 개를 찾아보았다. 앨러스테어 리틀(Alastair Little)은 두 시간(장난하나), 페이 매슐러(Fay Maschler)는 세 시간, 프랜시스 비슬(Frances Bissel)은 네 시간(근접해간다)이라고 하는데, 나는 다섯 시간 동안 끓인 것 같다. 여기에 추가로 45분씩 두 번 더 끓였는데도 포크로 찍을 때 살점이 흐물흐물 떨어질 만큼만 익었을 뿐이었다. 블루먼솔 씨의 것은 아마 달이 지구를 한 바퀴 도는 시간만큼 걸리는 레시피이리라.

그러나 나는 아주 일찌감치 걸림돌에 걸렸다. 블루먼솔 씨의 슬로쿠킹 레시피를 여러 개 본 적이 있는데, 온도가 모두 섭씨로 표기되어 있다. 우리 집 가스레인지는 표준 규격으로, 가스 불의 세기는 그냥 눈금으로 표시되어 있다. 그러니까 우리 집에서 이 요리를 하자면 가스 불의 세기를 1 또는 그 이하로 맞추어야 한다는 얘기다. 기본적인 요리책들 앞에 나오는 온도 변환 표를 보면, 블루먼솔 씨가 어느 레시피에 명시한 온도(65도)처럼 낮은 온도는 아예 없다. 여하튼 그는 오븐용 온도계는 반드시 갖춰야 할 필수품이라고 말한다. 게다가 고기를 넣기 전에 오븐의 열이 골고루 분포되어 안정적인지의 여부를 확인해야 한단다. 그에게 추측은 금물이다.

그러자 나는 우리 집에도 오븐 온도계가 있다는 사실이 생각났다. 새로 나온 멋진 최신식 기기가 있나 하고 주방 기기 전문점에 갔다가 고작 과도 한 자루와 모종의 미심쩍은 기구만 사 오게 되기 마련인 그런 어느 날 사다놓은 것이었다. 그것은 필연적으로 그런 물건들을 처박아두고는 잊게 되는 서랍 속에 있었다. 그곳은 모든 게 뒤얽혀 있는—전기거품기들의 전선이 젓가락을 둘둘 말고 있는—부끄러운 장소다. 그 잡동사니 속에서 온도계를 찾아냈다. 65도, 나는 꿈꾸듯 중얼거렸다. 이제 여섯 시간, 일곱 시간, 하루 하고도 반나절 내내 그게 끓는 냄새가 은근히 서재까지 떠돌겠지. 그렇게 해서 포장을 뜯고 온도계를 꺼내보니 가장 낮은 눈금의 온도는 75도였다.

블루먼솔 씨는 내 오븐 온도계의 범위는 물론, 이제 내

의식의 바깥에 있다. 이외에 더 이상은 할 말이 없다. 그의 요리는 몇천 년 동안 일상적으로 가장 뛰어난 것을 먹고 만족하여 입맛이 까다로운 올림포스의 신들에게나 어울리는, 위엄 있는 것이다. 이보다 더 직접적인 양심의 문제는 그처럼 고매하지만 그보다는 더 다가가기 편한 요리사들에게서 비롯한다. 나는 엘리자베스 데이비드를 숭배하지만, 의무감이나 마음만큼 자주 그녀의 요리책을 보고 요리하지는 않는다. 왜냐? 그녀가 나를 꾸짖듯 지켜보는 것 같기 때문이다. 내가 뭔가 잘못하면 그녀의 망령이 불쾌해할 것 같은 느낌이 든다. 오, 나의 불찰입니다, 요리의 신전이 더럽혀졌으니, 라고 해야 할까.

또는 미국의 요리책 저자 리처드 올니의 사례를 생각해 볼 수 있다. 데이비드 여사와 마찬가지로 그는 이로움을 추구하는 강렬한 힘의 소유자였다. 음식을 보다 폭넓은 문화적 맥락에서 파악하고 주의를 환기시키는 뛰어난 글을 썼다. 〈타임스〉의 부고 기사에는 올니의 『간소한 프랑스 음식(Simple French Food)』을 가리켜 "모든 사람이 가져야 할 몇 안 되는 요리책 중 하나"라고 하는 적절한 말이 쓰여 있다. 그는 타협이 없는 높은 기준을 가진 사람이기도 했다. 몇 년 전 음식점 비평 일을 할 당시 나는 도체스터에서 열린 프랑스 요리 대축전에 초대를 받아 간 적이 있다. 참석 인원이 2백여 명 정도 되는 연회였는데, 요리는 미슐랭 가이드가 일류로 평가하는 다수의 요리사들이 담당했다. 친밀감과 예의가 넘쳐흐르는 자리였다. 올니도 초대 손님이었다. 이건 나중에 들은 얘기인데, 올니는 웨이터가 레드 와인을 따라주자 맛을 보고는 도로 가져가라고 했다. 불량 코르크에 오염되었다거나 그런 이유에서가 아니라, 온도가 2도 정도 높았기 때문이었다.

『간소한 프랑스 음식』이란 책. 조심해야 한다. 제목의 세 단어 중 첫 단어는 위장 폭탄이다. 올니는 여섯 페이지에 걸쳐 이 말에 대한 생각을 더듬은 끝에 "간소함이란 복잡한 것"이라는 결론을 내린다. "간소하지 않은 음식은 좋지 않은 음식"이라는 건 현대의 슬로건이다. 그런데 올니는 그것을 도치해 "좋지 않은 음식은 간소하지 않은 음식"이라는 말을 애용한다. 이 정의에 따르면 농부의 요리부터 최고 수준의 고급 요리까지 모든 음식을 간소한 것으로 간주할 수 있다. 요리하기 쉬운가의 여부를 논하는 것이 아니다. 우리가 추구하는 것은 '효과의 순도'다. 여기에는(이미 짐작한 독자도 있겠지만) 상당히 복잡한 수단이 결부되어 있을 수 있다.

『간소한 프랑스 음식』 출판사는 인색하게도 책을 실로 제본하지 않고 풀로 제본했다. 그래서 책을 펴면 자꾸 책장이 떨어져 나온다. 내 책의 경우 그라탱 꽃양배추 로프(Gratinéed Cauliflower Loaf), 이탈리아산 호박 그라탱(Courgettes Gratin), 폼므 파야송(Pommes Paillasson,* 이렇게 보면 나는 확실히 이 책을 살 가치가 있다), 양념 양 다리(Marinated Leg of Lamb)가 있는 책장이 떨어져 나온다. 이렇게 보면 나는 확실히 간소한 것 중에서도 가장 간소한 것에 집착해왔다.

그 이유는 설명하기 쉽다. 대부분의 사람들과 마찬가지로 나도 체크 표시, 십자가 표시, 감탄사, 글자 수정, 다음번을 위한 힌트 등 요리책에 메모나 표시를 한다. 어떤 경우에는 다음번이란 없다. 이탈리아산 호박 푸딩 수플레(Courgette Pudding Soufflé)에는 이렇게 메모했다(사용하는 단어에 미리 양해를 구하는 바다). "이 2인분 저녁을 만드

---

* 프랑스식 감자전.

는 데 네 시간 걸렸다. 물리(mouli) 분쇄기는 그의 말과는 달리 소용이 없다. 수플레는 납작하게 주저앉았고, 그 위에 얹은 소스는 상층부의 4분의 1이 되는 등 우라질 완전 실패작이다. 그래도 맛있기는 우라질 무진장 맛있다!" 내가 여러 실수를 저질렀겠지만, 그중 하나는 사바랭* 틀을 가지고 있지 않다는 점이었다. 가지고 있기는커녕 그게 뭔지도 몰랐다. 그다음 페이지를 넘기면 올니가 이 도구를 언급하는데, 나는 그 부분에 밑줄을 긋고 이렇게 썼다. "이게 뭔지 이 빌어먹을 책 어딘가에 설명을 좀 해주면 좋잖아, 이 친구야."

보다시피 이탈리아산 호박 푸딩 수플레를 만든 뒤 나의 심경은 좀 혼란스러웠다. 아니, 그렇다고 사바랭 틀을 사러 나간 건 아니고, 그냥 그라탱 꽃양배추 로프로 되돌아갔다. 그것은 부분적으로 내 의욕의 한계를 인정하는 것이었지만, 무엇보다 실패를 대하는 내 태도 문제였다. 대부분은, 그리고 분명 부엌의 현학자 대부분은 이 지점에 이르면 블루먼솔 씨, 올니 씨뿐 아니라 데이비드 여사와

---

* 럼주나 매실즙을 넣어 만든 둥근 원통형의 케이크.

도 작별을 고한다. 이 전문가들이 우리의 실패를 예상하지 못하는 것은 아니다. 그들은 우리가 실패할 것을 잘 알고 있다. 엘리자베스 데이비드는 이렇게 말한다. "요리를 그르칠 가능성은 우리를 그림자처럼 따라다닌다. 그걸 따돌릴 수 있는 사람은 없다." 그래도 그녀는 다음과 같은 리처드 올니의 말에 동의하리라. "실패는 창피한 게 아니며, 보통은 성공보다 더 도움이 될 수 있다."

아무렴, 나도 이상적인 이론으로는 그게 맞는 말임을 안다. 그러나 실제로 대부분의 가정 요리사들에게 실패는 실로 불명예다. 그렇지 않다고 그들을 납득시키려면 다년간의 심리 치료를 병행해야 할 것이다. 그래서 우리는 실패할 가능성을 줄이기 위한 아주 좋은 시스템을 다년간에 걸쳐 개발했다. 일단 요리의 결과가 심각한 실패에서 총체적으로 엉망이 된 수준 사이의 어느 지점에 이르면, 우리는 그걸 두 번 다시 하지 않는다. 절대로. 부엌의 세계를 지배하는 자연도태의 법칙에 따라서. 그리고 하나의 시스템으로서 그것은—지극히 일상적인 의미에서—간소한 것이다.

## 보라색의 위엄

틀린 어원이 정확한 어원보다 더 유익한 경우가 많다. 예를 들어 'posh('파쉬'로 발음)'*가 'Port Out, Starboard Home'의 머리글자를 딴 단어라는 것을 모르는 사람은 없다. 이 표현은 대영제국의 선박이 인도에서 본국으로 돌아가는 장기간의 항해를 할 때 햇볕이 덜 드는, 바람직한 위치인 우현(starboard)을 가리킨다. 그런데 모든 사람이 알고 있는 이 어원 설명은 사회학적으로는 생기 넘치는 것

---

* 우아한, 상류층의.

일지 몰라도 어원학상으로는 아무런 근거가 없다(『옥스퍼
드 영어 사전』은 이 어원 설명에 회의적인 사람들에게 조지 차
우더리베스트*가 《매리너스 미러(Mariner's Mirror)》 1971년
1월호 91~92페이지에 기고한 것을 참조하기를 권한다).

'mangel-wurzel'도 마찬가지다. 원래 'mangold-wurzel'
로 글자 그대로 '비트 뿌리'를 뜻한다. 그러나 사람(독일
인)들이 그 말을 'mangel-wurzel', 즉 '기근의 뿌리'로 잘
못 들었다. 땅이 얼어 있는데 배가 요란하게 꼬르륵거리
지 않는 이상 뿌리는 아무도 먹을 생각을 안 하리라는 점
에서 논리적인 귀결이었다. 이 청각적 변형과 철자는 적
절한 때 영어에 도입되었다. 일반적으로 어느 나라보다
더 모국어를 수호하는 일에 열중하는 프랑스인들은 그것
을 글자 그대로 '기근의 뿌리'를 뜻하는 'racine de disette'
로 번역해 쓴다. 어원을 알려주는 이 명칭은 프랑스에서
아스픽 젤리**에 포함되는 재료로 보존되고 있다.

'기근의 뿌리': 프랑스인들은 뿌리채소와 늘 불균형하

---

* George Chowdharay-Best(1935~2000). 영국의 사전 편찬자이자 역사학자. 『옥
  스퍼드 영어 사전』 편찬에 참여했다.
** aspic jelly. 육즙을 굳힌 젤리. 일종의 묵.

고 오만하기까지 한 관계를 가져왔다. 그들은 순무(turnip)에서 과장된 장점을 본다. 나는 프랑스에서 그게 뭔지 알고도 파스닙을 먹는 사람을 본 적이 없다. 최근 한 프랑스 여자가 내게 말하기를 자기는 스웨덴 순무(swede)는 물론이고 돼지감자(Jerusalem artichoke·영어로는 예루살렘 아티초크)도 먹어본 적이 없지만 전시의 불쌍한 사람들이 부득이 그런 채소를 갉아먹으며 연명했다는 이야기를 들었다고 했다. 이 사실은 리처드 올니의 『단순한 프랑스 음식』에서 확인할 수 있다. 이 책에 순무로 만드는 레시피는 두 개 있지만, 파스닙이나 돼지감자나 스웨덴 순무―말이 나온 김에 비트도 마찬가지―레시피는 전혀 없다. 엘리자베스 데이비드는 『프랑스의 지방 음식』에서 파스닙은 포토푀*나 수프에 맛을 내는 채소로 소량을 쓴다고 잠깐 언급할 뿐이다.

그건 어쩌면 단어 자체와 관련이 있기 때문인지도 모르겠다. 영어로 'swede'란 말은 좀 더 식용으로 적합한 것처

---

* pot-au-feu. 쇠고기, 뼈, 채소를 고아 만드는 육수.

럼 들린다*—무언가 이미 절반은 으깨진 느낌이랄까. 반면
에 프랑스어로 'le rutabaga('르 뤼타바가'로 발음)'는 소화
가 잘 안 되는 음소를 입에 잔뜩 물고 씹는 느낌이다. 돼
지감자를 의미하는 'le topinambour('르 토피낭부르'로 발
음)'도 마찬가지다. 이 이름은 양쪽 끝을 떼어낸 다음 붙
이면 'tambour('탐부르'로 발음, 북 또는 드럼)'가 되어 정
말 강력한 돼지감자가 일으키는 결장의 발산 작용이 팀파
니처럼 분출되는 현상을 암시하는 느낌이다. 돼지감자, 즉
지루살렘 아티초크의 지루살렘(Jerusalem)은 추정 원산지
예루살렘을 가리키는 말이 아니라 프랑스어 'girasol('지
라솔'로 발음)'을 잘못 들은 결과이고, 이는 속을 따지자면
'파티초크(fartichoke, 방귀의 fart와 아티초크를 합성한 표현
으로 아티초크를 가리킴)'와 관련이 있다.

　프랑스에 처음 갔을 때 시골에서 자주 보이는 도로 표
지에 어리둥절했던 기억이 있다. 달랑 'BETTERAVES'라
는 경고가 적혀 있는 빨간색 표지판이었다. 왜 프랑스의
농부들은 저 훌륭한 작물을 길에 흘려서 저렇게 교통 장

---

* '스위-드'를 발음할 때 으깬 감자(mashed potato)처럼 부드러운 느낌이 들기 때
문일 것이다. 'squeeze'나 'sweet'와 운을 이룬다는 점도 생각해볼 수 있겠다.

애를 일으킬 정도로 운송에 부주의한 걸까, 나는 의아했다. 사실 그것은 비트가 아니라 사탕무를 가리키는 표지판이 거의 확실했다. 아무리 그래도 '자갈길', '낙석', '울퉁불퉁한 길'처럼 식용도 아니면서 교통에 위협이 되는 것과 사탕무(betteraves)를 동일시한다는 건 사탕무를 좀 무시하는 처사가 아닌가.

한편 비트의 역사에는 주목할 만한 기복이 있다. 에두아르 드 포미안은 배교자 율리아누스 황제의 어의였던 오리바시우스가 비트를 몹시 나쁘게 말했다고 기록한다. 아리스토텔레스 전공 학자인 조너선 반스*에게 이메일을 보낼 때 별생각 없이 이 비전(秘傳)의 정보를 언급했더니 그는 "오리바시우스가 쓴 것은 대부분 갈레노스**의 글을 발췌해 필사한 것"이라고 내게 알려주었다. 그렇다면 갈레노스가 비트를 악평한 것이라고 볼 수밖에. 그는 비트가 조금이라도 먹을 만하려면 두 번 끓여야 한다고 생각했다. 겉으로 드러나게 칭찬하는 일은 거의 없다. "한 번 끓인다고 해서 같은 종류의 다른 농작물보다 영양가가 떨

* Jonathan Barnes(1942~). 영국의 철학자이자 줄리언 반스의 친형.
** Galenus(129~199). 고대 그리스의 의학자이자 철학자.

어진다거나 한다면 뜻밖일 것이다." 또 이렇게도 말한다.
"완하제*로서 효능이 있지도 않고 해롭지도 않다고 볼 수
있다."

　비트는 17세기에 처음 영국에 전해졌는데, 당시에는 다
방면에 쓸 수 있는 달콤한 기쁨을 주는 무엇으로 여겨졌
다. 18세기 레시피에는 '붉은 비트로 만든 진홍 비스킷'이
라는 것도 있다. 하지만 그 후 어느 순간 토착 금욕주의가
발동했다. 이것은 자연발생적으로 아주 단 채소이므로 아
주 시게 만들자, 라는 것이다. 비턴 여사는 비트를 처리하
는 방법으로 소금물에 절이기와 끓이기, 단 두 가지만 권
한다. 이외에 비트를 강판에 갈아 같은 분량의 밀가루와
섞은 반죽으로 싸구려 흑빵을 만드는 라이언 플레이페어**
박사의 따분한 레시피를 언급하기도 한다. 이것만으로는
이 채소를 싫어하게 만들기에 부족했는지, 그녀의 책에는
더 별난 방법들도 소개되어 있다. 언젠가 내가 올덤 시의
한 기자에게서 들은 이야기인데, 그의 친할아버지는 소싯
적에 비트가 공동묘지의 화초로 쓰이는 것을 본 뒤로는

---

* 분변을 부드럽게 만들고 자주 배출시키는 약제.
** Lyon Playfair(1818~1898). 스코틀랜드의 과학자.

그것을 건드리지도 않았다. 그래서 결국 장례식을 떠올리게 하는 그 장면은 평생 그의 미각을 압도했다.

20세기 초중반에 초등학교를 다닌 사람들은 반가운 스팸에 고리 모양의 빨간 물을 들이는 비트 뿌리를 보면 접시를 앞에 두고 주춤하는 습관을 체득했다. 나는 비트 뿌리를 보면 할머니의 피클 포크가 생각난다. 피클 포크는 두 갈래의 날이 있는 전기도금한 양은으로 된 멋진 식기다. 두 갈래의 날을 연결하는 가로 판을 아래로 밀면 날에서 음식을 훑어낼 수 있다. 당시 유아였던 나는 그 식기가 찍어서 들어올리는 음식은 모두 지지리도 맛이 없을 것 같았다. 정말 누구라도 그 발명품을 보면 나와 같은 결론을 내릴 것이다. 제정신인 사람이라면 아무도 식초에 절인 역겨운 양파나 비트 뿌리, 작은 오이 피클 같은 것을 만지고 싶지 않을 테니 대신 다른 무엇으로 훑어 떼어내는 것 아니겠느냐는 논리다.

옛날에는 칩이라면 포테이토칩밖에 없었지만 요즘은 다양한 뿌리채소를 섞어 넣은 칩이 나온다. 그런 걸 먹는 사람들을 가만 지켜보면 고대 로마 시대 원로원 의원의 상징인 보라색 칩을 찾으려고 파스닙이나 큰뿌리셀러리(celeriac) 같은 건 옆으로 툭툭 밀어낸다. 옛날에는 비트 뿌리를 알루미늄 냄비에 끓였다. 줄기는 칼로 잘라내지 않고 반드시 손으로 비틀어 떼어내야 했다. 그래야 물이 빠지는 것을 최소화할 수 있으리라는 것이다. 오늘날에는 불의 세기를 1 또는 2에 맞춘 저온 오븐에 굽는데, 그러면 물이 거의 빠지지 않는다. 옛날 사람들은 겨울 저녁이면 비트 뿌리를 주원료로 하는 보르시 수프를 만들어 먹었을 지 몰라도 오늘날에는 사이먼 홉킨슨의 '비트 뿌리 콩소 메 젤리(Jellied Beetroot Consommé*)'처럼 사워크림과 골 파를 얹은 정교하고 고상한 것까지 종류가 다양하다. 음 식점에서 여러 재료를 섞은 샐러드를 시키면 그 안에 잎 맥이 보라색인 이파리가 없는 경우는 거의 없다. 이제는 비트 뿌리로 만드는 그라탱이나 타르트 타탱도 있다. 갈 레노스를 무시하고―그는 설익은 비트 뿌리를 먹으면 "속 이 부글거리거나 복통을 앓거나 배가 쑤시듯 아플 수 있 다"라고 주장했다―비트 뿌리로 만드는 리소토도 있는데, 이 레시피에 따르면 날것으로 잘게 찢은 비트 뿌리를 절

---

* consommé. 육수로 만드는 맑은 수프

반만 먼저 요리하고 나머지 절반은 요리가 거의 다 되어
갈 무렵에 마저 넣는다. 나는 이렇게 해서 언제나 좋은 결
과를 보았으며, 그걸 먹고 급히 복통약을 찾은 사람은 아
직 없다.

프랑스는 영국보다 약간 앞섰다. 엘리자베스 데이비드
에 따르면 포미안은 이 채소에 대한 확고한 편견을 처음
으로 깬 장본인이었다. 그는 미셸 게라르*에 앞서 이미 따
끈한 비트 뿌리를 곁들인 산토끼 요리를 만들어내고 있었
다. 포미안은 또한 비트 뿌리에(역시 따끈하게) 크림과 식
초를 섞기도 했다. 이것을 가리켜 데이비드는 이렇게 말
한다. "그것은 프랑스 요리와는 거리가 먼 조합이었다. 이
밖에도 그는 채소 요리의 영역에서 관습에 얽매이지 않은
여러 제안을 내놓았지만 모두 보수주의자들의 비웃음을
샀다."

그런데 비트 뿌리가 전성기를 맞은 것일까? 무명의 신
분에서 구제되어 인기를 얻더니 이제는 오히려 진부해진
것일까? 요리 장식에 치중하는 유형의 요리사들 수중에

---

* Michel Guérard(1933~). 프랑스의 요리사.

들어가 있는 것만은 분명하다. 그런 요리사들에게 비트 뿌리는 요리와는 직접적인 관련 없이 색을 보태는 데 유용할 뿐이다.

모든 것에는 유행 주기가 있다. 단순한 필수품도 예외는 아니다. 그 예로 햇감자를 한번 보자. 원래 껍질을 벗겨 요리했었는데, 언제부턴가 껍질을 그대로 둔 채 요리하기 시작했다. 그러더니 솔로 대충 문질러 껍질이 아무렇게나 예술적으로 드문드문 남아 있게 내버려두었다. 그리고 원래 삶아서 먹던 것을 끓여서 먹게 되었고, 그러다 볶거나 여타의 방식으로 요리하게 되었다. 그 밖에도 덜 중요한 기본 식품들은 더 급격한 유행을 타다 금방 시들해지곤 한다.

이제 비트 뿌리는 아마 잠시 휴식기를 가질 것이다. 키위며 레몬그라스며 햇볕에 말린 토마토며 양 정강이 고기며 다 마찬가지다. 여기서 위안이 되는 것은('기근의 뿌리'로 연명하지 않을 수 없는 전시 또는 흉년이 든 때와는 달리) 가는 게 있으면 오는 게 있다는 사실이다. 어쩌면 머잖아 다음 차례는 히코리 열매(pignuts), 콜라비(kohlrabi), 함부르크 파슬리, 또는 제인 그리그슨의 총애를 받던 갯배추

(seakale)일지도 모르겠다. 그리고 어쩌면 프랑스인들이 한 사코 파스닙을 거부하지 않는 날이 올지도 모를 일이다.

## 이것은 디너파티가 아니다


음식점 경영자였던 케네스 로*는 1930년대 데이비스컵 테니스 대회에서 중국을 대표했다. 나는 그를 딱 한 번 만났다. 그때 그는 70대 후반이었는데 여전히 테니스를 쳤다. 그는 60대에 들어선 뒤로 테니스 실력이 좋아졌다고 내게 말했다. 나는 어떻게, 어째서 그런지 물었다.

"좀 더 느긋한 마음으로 하니까요." 그의 대답이다.

그때는 그 말이 이상하게 들렸다. 하지만 매년 윔블던

---

\* Kenneth Lo(1913~1995). 저명한 중국계 영국인 요리사이자 저술가. 테니스 선수였다.

대회에서 그 말을 확인할 수 있다. 열성적인 부모의 독려를 받고 격려와 지지에 둘러싸인 채 실패를 두려워하며 우승을 노리는 10대 유망주의 긴장보다 더한 것이 또 있을까? 또는 챔피언이 되는 데 필요한 극도의 집중 훈련과 기계적 집중보다 더 더할 나위 없이 재미없는 것이 있을까? 승리는 흔히 패배에서 고통에 찬 해방을 보는 것에 불과하다. 주먹으로 허공을 갈기는 동작, 스매시, 끙 하고 푸념하는 소리가 코트를 떠난 뒤 노인 네 명이 석양빛을 받으며 코트에 나간다. 근육은 예전보다 굼뜨지만, 더 현명해진 그들은 눈에 띄게 여유로운 가운데 게임을 즐긴다. 어렸을 때 이후로 처음인지도 모른다.

처음에는 케네스 로의 말이 그저 테니스를 두고 하는 말인 줄 알았다. 그러나 곰곰 생각해보면 그것은 다른 데, 특히 그의 전문 분야인 요리에도 적용되는 말이다. 요리는 즐거움이 전부여야 하지 않을까? 계획을 세우고 장을 보고 요리를 할 기대감에서 오는 즐거움, 지나치게 자축하지는 않는 흐뭇한 회상의 즐거움. 하지만 그런 즐거움을 누리게 되는 경우가 얼마나 드문가. 너무 마음을 졸이다 기대감에서 오는 즐거움을 잃고, 술에 취해 그 시간의 대부분을 망각하고, 숙취 속에서 생각나는 것이라곤 계속 재연되는 설거지 장면으로 축소된 것일 뿐인 경우가 비일 비재하다.

몇 달 전 우리는 저녁 식사에 몇 사람을 초대했다. 한 부인이 식당에 들어와 여섯 사람 자리가 마련된 식탁을 보고는 이렇게 말했다. "참 용감하세요. 전 더 이상 디너 파티 같은 건 안 해요."

이에 대한 응답은 이 말뿐이었다. "이건 디너파티가 아닌데요."

우선 디너파티란 말은 우리 집에선 금기어다. 표현에 따라 태도도 달라진다. (언젠가 내 친구가 아쉬운 듯 이런 말을 했다. "'은퇴'란 말만 아니면 은퇴를 고려해볼 텐데.") 그러니까 '친구들이 저녁을 먹으러 온다'는 완곡한 표현이 아니라 그냥 다른 표현이다. 저녁 준비에 정성이 덜 들어간다거나 그 손님과 함께 있는 걸 덜 좋아한다는 뜻이 아니다. 굳이 구분하자면 오히려 그 반대다.

'디너파티.' 이 얼마나 끔찍한 말인가. 압박감에 백핸드를 망치리라는 확신 어린 예감 속에 코트의 베이스라인을 따라 바삐 움직이는 가정 요리사에게는 선수를 따라다니는 열성적인 엄마처럼 감당해야 할 사회적 의무가 실린 말이다. 이 압박감은 그들이 의도한 건 아닐지 모르겠지만 요리책 저자들 때문에 미묘하게 커진다. 디너파티라면 왠지 세 코스 식사를 준비해야만 할 것 같다. 신문의 요리 칼럼과 요리책들은 이 수칙을 지지하는 것처럼 구성되어 있다. 애피타이저, 메인코스, [치즈](이것은 적어도 집에서 직접 만들지 않아도 되니까 대괄호 속에 들어가 있다. 비스킷도 마찬가지), 푸딩. 가정 요리사들을 위한 계절 메뉴는 애피타이저 모음, 메인 모음, 디저트 모음 등 부문별로 모두 짜여 있다. 저자가 할 수 있다니까 우리는 해야만 하며, 할 수도 있다. 그래서 우리는 마음으로는 아무리 저항해도 기어이 하고 만다. '그러려고 책을 샀잖아, 안 그래?' 하면서.

하지만 요리책들이 문제의 일부라면, 해결책도 함께 제시해야 한다. 우리 집 부엌의 영웅 에두아르 드 포미안이 총대를 메고 나서서 도움을 준다. 『포미안과 요리를』의 첫 두 페이지에는 '주인의 의무'라는 제목이 붙어 있다. 그런 제목은 읽는 사람을 우울하게 할 수도 있지만, 사실 복사까지 해서 가스레인지 환풍기처럼 잘 보이는 데 붙여놓아마땅하다. 포미안의 분류에 따르면 우리 집에 쳐들어오는 손님에는 세 부류가 있다.

(1) 우리가 좋아하는 사람들.
(2) 부득이 함께 어울리지 않을 수 없는 사람들.
(3) 꼴 보기도 싫은 사람들.


등급에 따라 각각 "훌륭한 요리, 그저 그런 요리를 준비한다. 마지막 등급의 경우에는 아무것도 요리하지 말고 이미 만들어진 것을 사다가 준비할 수 있다." 유용한 구분이다. 미리 손님 선호도를 정하는 구두쇠 또는 도덕가처럼 구는 것 같을지 모르지만, 우리의 수고를 알아볼 줄 모르는 따분한 사람을 위해 정성 들여 좋은 요리를 하는 것보다 더 맥 빠지는 일이 어디 있겠는가?

물론 이 방식을 따라도 '좋아하는 사람들'을 위한 '훌륭한 저녁'을 준비해야 한다는 현실은 그대로 남는다. 다시 포미안의 말을 들어보자. "성공적인 저녁이 되려면 여덟 명을 넘어선 안 된다. 요리는 맛있는 것 하나만(내가 아니라 그가 강조한 것이다) 만들어야 한다. 마음이 좀 가벼워지지 않는가? 그래도 세 코스 식사 또는 대괄호 속의 치즈를 포함하면 네 코스 식사지만, 모든 수고는 메인코스에 집중된다. 그리고 언제든 포미안의 암시대로 애피타이저나 디저트, 또는 둘 다 케이터링 서비스나 제과점에서 사다 쓰면 된다.

프랑스에서는 그런 걸 예사로 여긴다. 이제는 영국에서도 다양한 애피타이저와 그럴듯한 과일 타르트를 사는 게 비교적 용이하므로, 그렇게 안 할 이유가 없다. 이 문제를 이렇게도 논할 수 있다. 손님들이 오기 직전까지 노예처럼 일해서 지친 주인, 그리고 지극히 분별 있는 지름길을 택하고 생기 넘치는 주인. 당신이라면 그중 어느 쪽을 택하겠는가? 물론 그러려면 우리는 잔존하는 청교도 정신을 극복해야 한다. 상점에서 산 것을 우리가 만든 것처럼 보이도록 내버려두는 것은 속임수라는 생각을 억제해야 한다. 한편 그걸 우리가 만든 것이라고 적극적으로 말한다면 그건 그저 속임수일 뿐이다.

최근 한 주 내내 일정이 빡빡한 가운데 '친구들이 저녁을 먹으러 오기로' 했을 때, 나는 포미안의 금언이 생각났다. 그러나 그걸 반대로 적용해서 '요리는 맛있는 것 하나'

대신에 내 손으로는 애피타이저와 디저트를 만들고, 메인 요리는 인근 이탈리안 델리에서 포르치니 라자냐를 샀다. 델리와의 거래는 이렇다. 이틀 전에 우리 집 식기를 가져다주며 굽기만 하면 되는 라자냐를 주문하고, 이틀 후인 당일에 가져온다. 그러면 집에서 쓰는 식기에 담겨 있으니까 은연중에 내가 직접 만든 것처럼 보인다.

저녁은 잘 끝났고 요리사의 스트레스도 없었다. 첫 번째 코스를 두고 뭐라고 말한 사람은 없었다(좀 분하다). 디저트도 마찬가지였다(괘씸한 것들). 그러나 라자냐를 말할 때는 모두 이구동성으로 외쳤다. "이 라자냐 맛이 기가 막힌데!"

"다행이군." 내 대답에 흔들림은 없었다. 그것으로 무사히 넘어간 듯했다.

그로부터 2주 뒤, 나는 그날 초대로 왔던 한 손님으로부터―다행스럽게도 그는 외국에 나가 있었다―이메일을 받았다. 그는 칭찬을 반복하고 레시피를 알려달라고 했다. 자, 다른 사람이라면 어떻게 했을까? 나는 마르첼라 하잔의 레시피를 찾아 뻔한 재료를 열거하고 포르치니는 신선한 것과 말린 것을 섞어 사용할 것을 권했다. 굽는 시간에 대해서는 자신만만했다(델리에서 내게 알려주었기 때문이다). 이번에도 그렇게 무사히 넘어간 듯했다. 일주일쯤 지났을 때 그에게서 또 메일이 왔다. "그거 만들어봤는데, 자네가 만든 것보다 훨씬 맛이 없더군."

현명한 에두아르 드 포미안도 이런 상황에 대처할 수 있는 조언은 남기지 않았다.

## 주방 폐물 서랍장

고기를 다지는 구식 기계를 기억하는 사람이 있을지 모
르겠다. 기계 받침의 죔쇠 너트를 돌려 작업대 가장자리
에 그것을 고정시키고 몸통의 꼬부라진 돌림대를 돌리
면 광택 없는 금속 주둥이에서 고기가 빠져나온다. 이것
은 유아의 마음속에 살인과 피해자 처리에 대한 상상을
불러일으켰다. 백여 년이 지난 뒤 마침내 이 충실한 기계
가 새로이 단장되어 나왔다. 주방 기구 유행에 희생되는
뭇사람들과 마찬가지로 나는 어떤 표면에든 부착할 수 있
는 기발한 빨판이 달리고 몸체는 주황색과 흰색의 플라스

틱으로 된 제품의 유혹에 굴복하고 말았다. 그런데 어찌 된 일인지 내 것은 도무지 말을 듣지 않았다. 작동에 필요한 진공 상태를 만들려고 고무 빨판에 아무리 침을 발라도 기계는 핸들을 돌리기만 하면 넘어졌다. 결국 나는 폐기된 기계류의 코끼리 무덤인 폐물 서랍장에 그 기계를 집어넣고 푸드 프로세서로 업그레이드했다. 언제부터 고기 다지는 일이 옛날 일이 되었는지 모르겠다. 그 오랜 역사를 자랑하는 금속 기계가 언제부터 돼지머리 고기 통조림처럼, 파이 반죽 둘레를 들쭉날쭉하게 자르는 도구처럼, 또 마른 빵을 가는 강판처럼 골동품 신세가 되었는지 모르겠다.

그럼에도 나는 부착되기를 거부하는 그 고기 다지는 기계를 멍청하게도 버리지 못했다. 그것은 서랍에서 서랍으로 옮겨지다 매트 자투리와 여분의 화장실 타일을 두는 어중간한 시렁에 놓였다. 안 보는 요리책은 잘 가려내 처분하면서도 주방 기구들은 늘 좀처럼 버리기 힘들다. 파이 껍질을 구울 때 반죽을 눌러주는 일에 무용한 저 세라믹 구슬 주머니, 빵을 만들겠다는 환상이 한껏 부풀었을 때 구입한 저 제빵용 틀들, 절굿공이가 부러져 짝 없이 남아 있는 저 절구. 이런 것들을 뚜껑 없는(정상적) 단지나 본체 없는(비정상적) 뚜껑들과 나란히 계속 쌓아두기만 한다.

이 현학자의 부엌에는 식칼과 껍질 벗기는 칼과 꼬챙이를 넣어두는, 어느 집에나 있는 커다란 서랍장이 있는데, 그 안에 든 것들의 80퍼센트 정도는 일상적으로 사용된다. 그곳에는 나무 스푼이라든가 주걱 같은 것들을 꽂는 커다란 단지가 있는데, 그중 95퍼센트가 사용된다. 음식 뜨는 부분이 호박 껍데기로 된 커다란 여과기 겸 스푼만 아니면 사용률이 백 퍼센트에 달할 것이다. 그 밖에 다른 서랍장에는 이따금 쓰는 것들을 넣어둔다. 이 속엔 모든 것들이 얽혀 있고 음험해서, 날카로운 게 어디에 있는 줄도 모른 채 머뭇거리는 손을 집어넣어야 한다. 내가 이 서랍을 마지막으로 비운 게 언제였지? 10년 전이었나? 새로 재고 목록을 만들 때가 된 듯하다.

작은 서랍 안에서 나온 물건은 모두 여든두 개였다(바비큐용 나무 꼬치 세트를 한 개로 친다면). 고기를 토막 내는 큰 식칼과 젤리를 여과하는 주머니는 자주 쓴다. 샴페인을 딴 뒤에 쓰는 병마개는 네 개(후한 친구들을 둔 덕분), 이 중 한 개는 확실히 활용하고 있다. 달걀 거품기와 칠면

조에 육즙을 뿌리는 데 쓰는 대형 스포이트도 있는데 지난 10년을 되돌아보니 언젠가 휘젓고 뿌려봤던 것 같다. 하지만 다른 것들은? 기린 모양의 손잡이가 달린 샐러드용 식기 한 쌍. 대단히 비위생적으로 보이는 하얀 플라스틱 주걱도 있다. 젓가락은 스물한 개나 있다. 기내 식기를 슬쩍할 가치가 있던 시절에 생긴 나이프 세 개와 포크 하나. 까뀌로 깎아 만든 다양한 나무 스푼, 손님이 두고 간 송로버섯 강판, 만화가 그려진 꺾이는 빨대 여섯 개, 틀림없이 '바비큐 그릴에 붙은 찌꺼기를 긁어내는 데 편리하겠다고 생각해서' 샀을 미장공용 퍼티 나이프, 어디서 났는지도 모르고 용도도 불분명하며(생선용인 듯하지만) 심하게 변색된 여섯 갈래짜리 서빙용 포크 등등. 세 가지를 한데 모은 어떤 철기류는 몇 년 전 우리가 사놓고는 쓰지 않다가 버린 로티세리* 기계와 관련이 있는지 없는지 잘 모르겠다. 서랍 맨 뒤쪽에는 벽에 박는 못 없이도 그림을 걸 수 있는 고리가 있고, 죽은 거미가 두 마리, 껍질 없는 허연 아몬드가 한 알 있다.

---

* 고기를 쇠꼬챙이에 끼워 돌려가며 굽는 기구.

나는 그 아몬드와 애매한 금속 조각들과 금속성 끈 뭉치, 기내 식기(어쩌나 1980년대 티가 나는지)를 모두 사나이답게 냅다 버렸다. 그러고는 멈추어 펑계를 만들기 시작했다. 논리적으로는 샴페인 병마개 네 개 중 세 개를 버릴 수 있었지만, 그것들은 각기 다른 매력이 있었다. 젓가락의 수를 줄이기는 했다. 10.5인분의 중국 음식을 요리할 일은 없을 테니까. 그 외에 나머지는 전부 버리거나 전부 원래의 위치로 되돌리거나, 양자택일의 문제였다. 나는 결국 후자를 택했다.

그것은 한심한 타성과 언젠가는 요리에 쓸모가 있으리라는 낙관론이 뒤섞인 생각이었다. 한편으론 나 자신에 대한 하나의 표적이요, 약속이었다. 머지않아 완벽한 부엌이 이루어질 것이니 그때까지 주방 기구들에 대한 최후의 심판을 연기할 수 있다. 요리사들은 모두 그날을 꿈꾼다. 많은 사람들이 이사를 가면 각기 기호에 맞춰 부엌을 고치기는 해도 부분적으로만 고치고 대체로 있는 그대로 쓴다. 부엌을 통째로 갈아엎고 아예 처음부터 새로 만드는 경우가 있을지 몰라도 그런 일은 아마 평생 한 번 있을까 말까 할 것이다. 현학자와 그가 요리를 해주는 그녀는 20여

년 전에 그 일을 한번 시도해보았다. 디자인 전문가의 의견까지 구했다. 우리는 필요한 것을 말했고, 그는 우리에게 필요한 게 무엇인지 설명해주었다. 우리는 어떻게 해야 할지 논의했다. 망설이고 또 망설였다. 그러던 어느 날, 그는 구제불능으로 불확실한 태도를 사유로 들어 우리에게 퇴짜를 놓았다.

한번 실패하고 나서야 비로소 자신이 원하는 게 무엇인지 확실히 알 수 있는 법이다(이 법칙을 결혼에 적용시키는 사람들도 있다). 도움과 조언을 주는 일을 업으로 하는 사람들이 있지만, 그런 이들마저 어떤 고정관념들을 가지고 있다. 언젠가 부엌 설비 기술자와 언쟁을 벌인 일이 있다. 나는 그에게 조리대 한쪽은 20센티미터 더 높여 달라고 주문했다. 그가 요리를 해주는 그녀보다 내 키가 20센티미터나 더 크다는, 아주 사리에 맞는 이유가 있었다. 설비 기술자는 그러고 싶지 않았다.

"조리대의 높이는 86센티미터입니다." 그는 이 말을 무슨 신조처럼 되뇌었다.

나는 나대로 원하는 바와 그 이유를 되풀이해 말했다.

그는 아무 말도 안 하고 있다가 제 깐에 급소를 찌르

는 반박을 가해왔다. "그렇지만 집을 팔 때 어떡하시려고 요?"

아무리 유명한 요리사라도 자기가 원하는 것을 늘 손에 넣는 건 아니라는 사실을 알면 적잖이 위로가 된다. 『미식의 변방』에는 자신의 꿈의 부엌을 묘사한 엘리자베스 데이비드의 글이 실려 있다. 부엌은 "크고, 매우 환하고, 통풍이 잘되고, 차분하고 따뜻한 느낌이 들어야 할 것"이라고 그녀는 말한다. 물건을 필요 이상으로 늘어놓아서는 안 된다. 항상 쓰는 것들 외에는 모든 기구와 용품을 보이지 않게 치워둔다. 그러니까 나무 주걱을 꽂아두는 단지에는 "지금처럼 서른다섯 개가 아니라 여섯 개만 있으면 충분할 것이다." 이렇듯 그녀도 우리와 다름없는 인간이다. 다만 왠지 그 서른다섯 개 중 기린 손잡이가 있는 것은 없었을 듯하다.

또한 데이비드 여사의 부엌에는 뜰로 나가는 유리문, 더블 싱크, 길게 연결된 접시걸이, 냉장고 두 개, 뒤로 젖혀지는 긴 의자, 오븐 두 개, 대리석 조리대가 있을 것이다. 배경색은 시원한 계통의 색이면 된다. 가지색이나 오렌지색은 진짜 채소와 과일이 제공한다. "소위 현대식 부엌"이 저지르는 전형적인 큰 잘못들은 피한다. 놀랍게도 많은 부엌들이 "냉장고와 가스레인지를 나란히 붙여놓도록 되어 있다. 가스레인지 바로 위에 와인 선반을 설치하는 것과 별다를 바 없는 정신 나간 짓이다." 요컨대 엘리자베스 데이비드에게 완벽한 부엌이란 "인습에 의해 부엌으로 받아들여지는 곳이라기보다는 주방 시설을 갖춘 화실"일 것이다.

　나는 그녀의 글을 읽으며 부러운 마음이 좀 들기도 하고 얼굴도 좀 달아올랐다. 그렇다, 두말할 것 없이 이 현학자의 냉장고도 가스레인지 바로 옆에 붙어 있다. 당연히 그 망할 냉장고에 단열 처리가 되어 있으리라고 생각했다. 그렇지만 데이비드 여사도 자신의 꿈을 완전히 이루지 못했다는 사실이 내게 위안을 주었다. 그녀는 자신의 꿈을 활자로 피력하고 나서 얼마 후 첼시에 있는 집에 마침내 새 부엌을 설비했다. "그러나 그 집의 구조 때문에 그녀는 이상적인 계획을 실행에 옮길 수 없었다."

　꿈이란 원래 다 그렇다. 나는 아마 코르뉘(Cornu) 가스레인지는커녕 내게 확실히 필요한 보조 오븐도 갖지 못할 것이다. 그가 요리를 해주는 그녀 역시 가끔 열망하는 장작 오븐을 갖지 못할 것이다. 부엌에서는 또 무언가 소소한 문제가 계속 생길 것이다. 싱크대 배수구가 막히고, 그 아주 기발한 듯해도 바보 같은 구석 찬장의 문이 빙 돌아 열릴 때 뒤쪽에 놓인 갖가지 물건들이―다행히 주로 과일 티백이―여전히 계속 떨어져도 몇 달 지나도록 사라진 것도 모를 것이다. 이상과 같은 점들을 요리에 들이는 노력에 대한 넓은 의미의 은유로 여기도록 해보겠다. 요리는 있는 것(주방 설비, 재료, 솜씨 수준)을 가지고 때우는 것이다. 그것은 작은 성공 하나하나가 가급적 분에 넘치는 칭찬을 받아야 마땅하고 실수도 할 수 있는 하나의 절차다. 만일 실제로 꿈의 부엌을 갖게 된다면 어떤 일이 일어날지 상상해보자. 우리가 하는 요리는 그런 부엌에 걸맞아야 할 테니, 그 가중되는 스트레스가 얼마나 심하겠는가. 요리를 망쳐도 예의 그 모든 확실한 변명거리에 의지할 길이 없는 것이다. 최소한 지금 이 상태라면, 데이비드 여사 덕분에 새로 발견한 변명거리를 활용할 수 있다. "요리가 생각대로 안 나와서 이거 참 어떡하지. 어떤 멍청한 인간이 냉장고를 가스레인지에 딱 붙여놔서 말이야."

# 교훈

오스카 와일드가 퀸스베리 후작을 상대로 제기한 명예
훼손 소송 공판*이 열린 두 번째 날 아침, 피고측 변호인
에드워드 카슨과 와일드 사이에 특이한 대화가 오갔다.

---

* 코코아 제조업자의 아들로 재산을 물려받아 방탕하게 살던 알프레드 테일러는
오스카 와일드에게 젊은 남자들을 소개해주었다. 1895년 퀸스베리 후작은 아
들 알프레드 더글러스가 오스카 와일드와 성적 관계를 맺고 있다는 것을 알게
된다. 후작은 오스카 와일드가 연극 무대에서 인사할 때 썩은 채소를 던져 모
욕을 주려고 계획했지만, 발각되어 실행에 옮기지 못했다. 그로부터 2주 뒤, 퀸
스베리 후작은 와일드가 다니는 클럽에 그를 '남색가'라고 쓴 방문 카드(명함)
를 남겼고, 이에 와일드는 후작을 명예훼손으로 고소했다. 그러자 후작의 변호
사는 와일드가 실제로 '남색가'라는 증거를 찾아내고, 와일드는 패소하여 후작
의 소송비용을 물어내고 파산한다. 사건은 일단락되었지만, 그들이 찾은 증거
로 와일드는 체포되어 재판받고 2년 형을 살았다.

카슨은 알프레드 테일러에 관해 질문했다. 테일러는 와일드에게 남창을 주선한 바 있는데, 카슨은 테일러를 명백히 수상한 인물로 규정하려고 시도했다. 이를테면 테일러는 하인이 없이 어느 집 위층에서 살았고(따라서 귀족이 아니라는 것), 낮에도 이중 커튼을 치고 지냈고(탐미주의자), 방에 향을 피웠으며(탐미주의자인 것보다 나쁨), 나이 어린 남자 친구들이 있었다든가 하는 것이었다. 그런 중에 이런 대화가 오갔다.

**카슨:** 그는 음식을 직접 만들어 먹었습니까?

**와일드:** 그건 나도 모릅니다. 그 집에서 같이 식사한 적이 없으니까요.

**카슨:** 테일러 씨가 직접 음식을 만들었는지 어쨌는지 모른다는 겁니까?

**와일드:** 네. 테일러가 그랬다 해도 거기에 무슨 하자가 있다는 건지 모르겠군요. 오히려 기발하네요. 변호인은 그걸 기정사실로 하고 질문하시는데, 내 대답은 모른다, 입니다. 테일러가 그러는 걸 본 적이 없어요.

**카슨:** 하자가 있다고 하지 않았는데요.

**와일드:** 그럼요. 요리는 예술이거든요(웃음).

**카슨:** 또 다른 예술인가요?

**와일드:** 또 다른 예술이죠.

물론 카슨은 요리를 한다는 행위에 어떤 하자가 있음을 시사했던 것이다. 다른 모든 사항과 함께 놓고 볼 때, 테일러가 프라이팬을 다루는 데 지나치게 익숙한 남자라는 사실은 정상적인 주권자가 아니라는 확실한 증거였다. 법정에 있는 사람들이 요리는 예술이라는 와일드의 악의 없는 발언에 웃었다는 사실은 영국의 배심원단이 지니고 있음직한 편견을 카슨이 충분히 의식하고 있었음을 암시한다.

요리는 실질적으로 긍정적인 것까지는 아니더라도 도덕적으로는 중립적인 시도다. 그리고 요리책을 쓰는 일은 카슨 유의 비방으로부터 한층 더 자유롭다. 조지프 콘래드는 아내 제시가 1923년에 출간한 『작은 가정을 위한 요리 가이드』에 다음과 같이 시작하는 서문을 썼다.

인간이 재능과 근면으로 먼 옛날부터 생산해온 책 중에서 요리를 다루는 책만이 도덕적 관점에서 볼 때 불신으로부터 자유롭다. 그 밖에 다른 글들의 의도는 논의하기도 하고 의심하기도 할 수 있지만, 요리책의 의도는 단 하나이며 오해의 여지가 없다. 그 목적은 인류의 행복을 증진시키는 것이며 생각이 닿는 한 다른 것일 수 없다.

멋들어진 진술이며 적절히 애처가답다. 콘래드가 금방 다음 말로 자신의 권위를 손상시키지만 않았어도 우리는 그 진술을 확신하고 그냥 넘어갔을 것이다. "고백하건대 나는 요리책을 읽어내지 못한다." 그 진술의 한계를 드러내는 것은 더 있다. 우선 양봉이나 휴식 기술 안내서부터 지붕 수리 방법서에 이르기까지 인류의 행복 증진을 진정한 목적으로 삼는 글들의 예를 생각해볼 수 있다.

두 번째로 요리책이 다른 책들보다 더 순수한 동기에서 저술된다는 관념은 콘래드의 시대 때와는 달리 이제 그리 확실하지 않다. 병적으로 자기중심적인 유명 요리사들이 텔레비전 시리즈의 파생상품으로 낸 책을 홍보하는 모습에서 우리는 여느 인기인 못지않은 세속적 야망을 똑똑히 목도할 수 있다.

세 번째로 적극적으로 비도덕적인 것이라는 인상을 주

는 요리책을 생각해내는 것도 얼마든지 가능하다. 멸종 위기에 처한 동물을 요리하는 방법만 다루는 책 같은 것 말이다.

그러나 우리는 본질적으로 콘래드가 무슨 말을 하는지 잘 안다. 그는 이런 말도 한다. "좋은 요리는 도덕적 동인 (動因)이다." 이게 정확히 무슨 말일까? "좋은 요리란 일상생활의 간단한 음식을 성실하게 만드는 것이지, 뚜렷한 목적이 없는 진수성찬이나 진기한 요리를 전문가처럼 훌륭히 조합해내는 것이 아니다." 우리는 여기서 완강한 청교도 정신의 조짐, 고리타분한 생각의 조짐을 느낄 수 있다. 짐작컨대 콘래드에게는 아내가 집에서 키우는 닭이 낳은 달걀을 반숙해서 집에서 구운 빵과 함께 점심으로 차려내면 좋은 음식이 될 것 같다. 그 반면, 그의 생일에 포트넘 앤드 메이슨 식료품 백화점에서 물떼새의 알과 샘파이어*를 사다가―글쎄, 어떻게 요리할까―샘파이어를 썰어 살짝 데친 알에 얹어서 올리브 치아바타와 함께 차려내면 진기한 요리이므로 나쁜 요리로 간주될까?

---

* samphire. 해안 바위에서 자라는 비싼 미나리과 식물. 잎은 허브로 사용한다.

콘래드의 논증은 바로 그 지점에서 약간 흔들린다. 그는 분별 있는 요리는 소화가 잘된다고 한다(맞는 말이다). 그러면 쾌활하고 합리적인 사람이 된다고 주장한다. 그는 반증으로 북미 인디언의 식습관을 제시한다.

노블 레드맨(Noble Red Man)은 굉장한 사냥꾼이었지만, 그의 아내들은 성실한 요리의 기술을 완전히 익히지 못했다. 그 결과는 개탄스러웠다. 오대호 부근의 일곱 부족과 평원의 기마부족들은 극심한 소화불량의 거대한 희생자 무리에 불과했다…… [그리고] 잘못 요리된 음식을 섭취하는 데서 오는 언짢고 성마른 기분은 원형 오두막에서의 가정생활을 우울하게 만들었다.

바로 거기서 아메리카 원주민의 '비이성적 폭력'이 유발되었다는 것이다. 당시 매우 분별 있는 식생활을 영위하던 영국인, 프랑스인, 벨기에인, 독일인, 가정적인 미제국주의자들의 이성적인 폭력은 감안하지 않았던 게 틀림없다. 그의 주장은 국민성에 기후를, 그리고 천재성에 병을 결부시켜 생각하는 것과 같다. 그 생각은 모두를 아우

르고, 허위라고 입증할 수는 없지만 명백히 제정신은 아닌 것이다.

『마농 레스코』의 저자 아베 프레보는 영국인들이 자살을 좋아하는 이유를 쇠고기를 완전히 익히지 않고 먹는 (석탄불을 때거나 섹스를 너무 많이 하는 것도 포함된다) 것에서 찾을 수 있다고 생각했다. 현재 미국 국방부가 국외에서 보이는 열의는 패스트푸드를 향한 전 국민적 사랑의 결과라고 하면 어떨까 싶다. 그러면 아마 미군 보병이 전사한 후 그의 부인은 인근 햄버거 분점을 상대로 소송을 제기할 수도 있으리라. 기계적으로 단백질을 공격성과 관련짓고 싶은 사람은 히틀러가 채식주의자였다는 사실을 잊지 말아야 할 것이다.

그래도 우리는 여전히 콘래드가 뭘 주장하는지 잘 알뿐더러 그의 말에 동의하기도 한다. 즉 단순함, 성실함, 먹기 위해 살지 않고 살기 위해 먹는다는 것에 말이다. 음식과 관련하여 많은 사람들의 마음속에는 자급자족의 농촌 생활에 대한 환상이 끈질기게 자리 잡고 있다. 세상의 풍파로부터 격리된 저 계곡, 그곳에는 채소밭이 있고 닭들이 돌아다닌다. 우리는 땅을 파고 식물을 심어 수확한 것을 요리해 먹는다. 진정 계절의 추이에 순응하는 식생활이다. 자신이 섭취할 만큼, 그리고 물물교환에 쓸 만큼만 생산하는 것이다. 콘래드가 살던 시대만 해도 어느 정도 그런 생활이 가능했다. 그의 절친한 친구였던 포드 매덕스 포드*가 제1차 세계대전 후에 웨스트서식스에서 바로 그런 생활을 했다. 그는 레드 포드로 불리는 농가에서 오스트레일리아 화가 스텔라 보언**과 함께 살았다. 그리고 이 경험을 감상적이지 않으면서 서정적인 글로 남겼다. 그들은 염소와 돼지를 쳤고, 한 청년이 그들의 경작을 도왔다. 그런데 누가 포드 아니랄까 봐 자신의 능력으로는 감당하지 못할 원대하고 무모한 계획을 세웠다. 감자의 품종을 개량하여 병에 걸리지 않도록 하는 것이 그 계획 가운데 하나였다. 또 다른 계획은 '농업의 실현 불가능한 이상', 즉 '식물에 낭비 없이 영양소를 공급하는 방법'을 찾는 것이었다.

그는 또한 부엌의 왕이었다. 보언은 자서전 『사생(Drawn from Life)』에서 포드를 '요리의 명인'으로 그린다.

---

* Ford Madox Ford(1873~1939). 영국의 소설가.
** Stella Bowen(1893~1947). 오스트레일리아 작가, 예술가.

그는 "버터를 마구 썼으며, 부엌을 완전히 혼돈의 도가니로 만들었다. 그가 요리할 때 한 명의 하녀로는 그를 보조하기에 충분하지 않았다. 그러나 그는 어떤 수고도 마다하지 않았으며, 작은 조각 하나도 낭비하는 일이 없었다. 티끌 크기의 기름까지 남김없이 녹여 사용했으며, 양배추의 심은 육수용 솥에 넣고 거실 난로에서 뭉근히 끓도록 마냥 내버려두었다."

포드는 평생 부단히 요리했다. 제2차 세계대전 발발 전야, 콜로라도 주 불더(Boulder)에서 개최된 문학 학회가 끝났을 때 그는 고별 만찬으로 슈브레이유 데 프레 살레*를 요리했다. 당시 스무 살이었던 로버트 로웰**도 그 자리에 있었다. 로웰은 그로부터 25년 뒤, 그때의 일을 회상하며 "생애 최고의 저녁 식사였다"라고 말했다. 포드는 위대한 소설가라 그런지 요리에도 상당한 허구적 요소가 가미되었다. 로웰이 "그 노루 요리의 고기가 양고기인 줄은 아무도 몰랐다"라고 한 것을 보면 말이다.

필립 라킨은 "시는 온전한 정신의 문제"라고 생각했다.

---

* Chevreuil des prés salés. 노루 요리.
** Robert Lowell(1917~1977). 미국의 시인.

그가 (에벌린 워*의 소설에 나오는 문구를 따서) "많이 미칠
수록 고고하다"라고 일컬었던 학파와는 대조적이다. 요리
도 온전한 정신의 문제다. 정말, 말 그대로 그렇다. 스텔라
보언은 몽파르나스에서 신경쇠약으로 병원에 감금됐다가
나온 어느 시인을 알았는데, 그 시인은 병원에서 풀려난
뒤 빵집 거리가 내다보이는 방에서 살았다. 그는 어느 날
창밖을 내다보다 어떤 여자가 빵을 사러 들어가는 모습을
본 순간을 병이 회복되기 시작한 날로 기록한다. 그 시인
은 보언에게 "빵을 고르는 일에 그녀가 보인 관심에 형언
할 수 없는 부러움"을 느꼈다고 말했다.

바로 그거다. 빵을 고르는 일. 버터를 마음대로 마구 쓰
는 일. 부엌을 혼돈의 도가니로 몰아넣는 일. 재료를 조금
도 낭비하지 않으려고 노력하는 일. 친구와 가족을 먹이
는 일. 다른 사람들과 음식을 나누는, 단순화할 수 없는 사
회적 행위에 참여하는 일. 내가 아무리 트집을 잡고 항의
의 말을 했어도 콘래드의 말이 맞는다. 그것은 도덕적 행
위다. 온전한 정신의 문제다. 그에게 마지막 말을 하도록

---

* Evelyn Waugh(1903~1966). 영국의 소설가.

하겠다. "성실한 요리는 평온한 마음, 상냥한 생각, 그리고 이웃의 결점을 너그럽게 보는 태도(유일하게 진실한, 낙관의 형태)를 은밀히 증진시키는 효과가 있다. 그렇기 때문에 요리는 우리에게 경의를 요구할 자격이 있다."

사실 이 말에도 한두 가지 트집을 잡을 게 있지만 부엌에 무언가 끓어넘치는 게 있다. 그만 가봐야겠다. 뚜렷한 목적이 없는 진수성찬을 준비해야 한다.

이 책은 장르로 따지면 요리 칼럼 또는 에세이겠지만 줄리언 반스의 주종이 소설이라 그런지 요리와 함께 요리책에 쏟는 관심이 비상하다. 그는 그 관심을 특유의(영국인 특유일지도) 유머로 추적한다. 개인적 경험을 기록한 것이지만, 읽다 보면 '이게 정말이야?' 하고 고개를 끄덕이게 된다. 요리에 관심이 없는 사람은 단순한 재미와 호기심의 충족을 위해 읽어도 후회하지 않을 책이다. 한편 나처럼 요리와 요리책(요리에 관심이 있으면 책은 저절로 따르는 것이지만)에 관심이 있고, 실전을 몸소 체험한 사람은 이 책을 읽고 '더러운' 사실을 알게 될 것이다. '나만 그런 게 아니었네.' '내 잘못이 아니었네.' 그러다 책을 다 읽고 나면 형언할 수 없는 어떤 '자유'를 느끼게 될 것이다.

요리 칼럼이 실용적이어야 한다면, 이 책이 그렇다. 서양의 일류 요리사와 요리책 정보를 잘 알려주기 때문이다. 이 정보가 값어치 있다면, 반스가 많은 책을(지출이 많았을 듯) 사서 읽고 따라 해보기도 한 경험의 소산이기 때문이다. 그가 겪은 시행착오의 체로 거른 알짜만 얻어가도 큰 소득이다. 내가 오래전에 이 책을 알았다면 자크 페팽(Jacques Pépin)의 요리책들을 사지 않았을지도 모르겠다(지금 생각해도 나름 가치 있는 것들이 있지만).

요리책들의 실체, 요리란 무엇인가에 대한 가벼운 철학적 단상, 경험담, 지혜, 자유, 해방감, 그리고 은근히 웃기는 저자의 유머. 번역하고 나서 그런 것들이 머릿속에 떠오른다. 요리에 조금이라도 관심이 있으신 분들은 나처럼 이 책에서 즐기고 얻는 것이 많을 줄 믿는다.

2019년 4월

공진호

옮긴이 **공진호**

뉴욕시립대학에서 영문학과 창작을 전공했다. 옮긴 책으로 에드워드 세인트 오빈의 패트릭 멜로즈 소설 5부작, 윌리엄 포크너의 『소리와 분노』 허먼 멜빌의 『필경사 바틀비』 하퍼 리의 『파수꾼』 샤를 보들레르의 『악의 꽃』 『세계 여성 시인선 : 슬픔에게 언어를 주자』 『월트 휘트먼 시선 : 오 캡틴! 마이 캡틴!』 『에드거 앨런 포 시선 : 꿈속의 꿈』 『안나 드 노아이유 시선 : 사랑 사랑 뱅뱅』 『아틸라 요제프 시선 : 일곱 번째 사람』 E. L. 닥터로의 『빌리 배스게이트』 등이 있다.

줄리언 반스의 부엌 사색
# 또 이 따위 레시피라니

**초판 1쇄 발행** 2019년 4월 19일
**초판 2쇄 발행** 2019년 5월 13일

**지은이** 줄리언 반스
**옮긴이** 공진호
**펴낸이** 김선식

**경영총괄** 김은영

**책임편집** 이상화 **디자인** 문성미 **크로스교정** 조세현, 김정현 **책임마케터** 이고은
**콘텐츠개발2팀장** 김정현 **콘텐츠개발2팀** 문성미, 정지혜, 이상화
**마케팅본부** 이주화, 정명찬, 최혜령, 이고은, 이유진, 허윤선, 김은지, 박태준, 배시영, 기명리, 박지수
**저작권팀** 한승빈, 이시은
**경영관리팀** 허대우, 박상민, 윤이경, 김민아, 권송이, 김재경, 최완규, 손영은, 이우철, 이정현

**펴낸곳** 다산북스 **출판등록** 2005년 12월 23일 제313-2005-00277호
**주소** 경기도 파주시 회동길 357 2, 3층
**대표전화** 02-704-1724 **팩스** 02-703-2219 **이메일** dasanbooks@dasanbooks.com
**홈페이지** www.dasanbooks.com **블로그** blog.naver.com/dasan_books
**종이** (주)한솔피앤에스 **인쇄** 민언프린텍 **제본** 정문바인텍 **후가공** 평창 P&G

ISBN 979-11-306-2165-4 (03840)